카페 도도에 오면 마음의 비가 그칩니다

카페 도도에 오면 마음의 비가 그칩니다

시메노 나기 지음
장민주 옮김

더퀘스트

차례

프롤로그

역에서부터 이어지는 언덕길 끝, 옆으로 들어간 골목에 그 가게의 간판이 나와 있습니다. 간판 너머로 아담한 정원이 있는 오두막 같은 단독주택이 나타납니다.
그곳이 카페 도도입니다.

카페 도도의 정원에서 나무들이 바람에 나부끼며 소리를 내고 있습니다. 바람은 잔물결처럼 커졌다가 작아지기도 하고 때로는 겁 많은 족제비의 꼬리마냥 살랑살랑 나뭇가지를 흔들기도 합니다.

미지근한 습기를 머금은 채 뺨을 어루만지고 지나가는데 이게 첫 봄바람이라는 생각이 떠오르기까지 시간이 오래 걸리진 않을 듯하네요.

* 1장 *

그대만의 정답

스패니시 오믈렛

cafe dodo

손꼽아 헤아려보면 30년도 전의 일이다. 유치원을 다니던 시절이다. 요네자와 가호가 다녔던 유치원은 집에서 어린아이 발걸음으로 20분쯤 걸리는 곳에 있었다. 바로 근방이라고 해도 무방한 거리다. 유치원 버스를 탈 필요 없이 선생님끼리 당번을 정해 지역별로 반의 원생들을 모아서 인솔했다. 한 반에 열 명이 채 안 되는 원생들은 가장 어린 3세부터 5세가 된 아이들까지 있어서 줄을 세우는 데도 고생 좀 할 만큼 장난치고 노래를 부르는 등 떠들썩하다.

가호가 뚜렷하게 당시의 일을 기억하고 있었던 건 아니다. 어른이 된 후 눈에 띈, 어린 아이들이 등원하는 모습을 보며 멋대로 예전 모습을 대입해본 것뿐일지 모른다. 다만 유치원을 다닐 때의 들뜬 기분만은 틀림없이 지금도 명확히 떠올릴 수 있다.

가호에겐 세 살 위의 언니가 한 명 있다. 언니가 하는 건 뭐든 부러웠다. 하늘색의 원피스 원복을 차려입고 남색 리본이 달린 밀짚모자를 쓰고 씩씩하게 등원하는 모습을 얼마나 동경했던지. 나이를 한 번에 두 살씩 먹었으면 좋겠다고, 지금이라면 도저히 생각할 수 없는 일을 마음속으로 바라곤 했다.

"빨리 유치원에 가게 해주세요."

가호는 이불 속에서 매일 그렇게 중얼거리다 잠들곤 했다. 꿈에 그리던 유치원에선 악기를 연주하거나 운동장에서 놀이기구를 타거나 의미도 알지 못하는 영어 노래를 배웠지만 가장 좋았던 것은 역시 만들기 시간이었다.

모조지를 잘라 계절별 행사와 관련된 장식품을 만들거나 빈 병에 지점토를 붙여서 꽃병으로 꾸몄다. 선생님이나 부모님이 그려준 그림을 잘라서 입체로 만든 다음 교실에 장식하기도 했다. 가호는 그런 작업을 아주 잘했는데 언제나 반에서 가장 빨리 완성했다. 다른 아이들이 서툴게 가위질하느라 애쓰는 모습을 곁눈질하면서 "선생님, 다했어요!"라고 자랑스럽게 말하곤 했다. 또래보다 도구 사용에 익숙했던 이유는 언니가 하는 걸 보면서 집에서 먼저 해보았기 때문이다. 예습을 마친 가호는 솜씨가 좋았다.

어느 날 가호네 반을 담당하던 교사가 가호의 엄마에게 웃으면서 이런 말을 했다. 학부모 참관수업 같은 거였다.

"가호는요, 늘 만들기 시간에 제일 빨리 끝내요. 그런데 풀칠한 게 떨어지거나 가위질이 말끔하게 안 되어 있거나 그래요. 성격이 급한 것 같아요."

유치원 교사와 부모가 흔히 나누는 가벼운 잡담이었다. 딱히 주의를 주려고 한 말은 아닐 것이다. 하지만 가호는 그 말이 지금도 머릿속에 남아 있다. 당시 가호가 곁눈질하며 속으로 비웃었던 아이들은 작업 자체는 느려도 밑그림 선대로 정확히 자르고 각끼리 잘 맞춰 풀을 발라서 말끔하게 완성했을 것이다. 그 아이들은 화려하진 않더라도 꼼꼼하고 성실하게 자기 역할을 해내고 있을까.

가호는 지금도 뭔가 작은 실수를 할 때마다 생각한다. '아 이런, 또 풀칠한 게 떨어져버렸구나'라고. 제일 먼저 결승 테이프를 끊었다고 생각했는데 출발신호보다 먼저 나가는 바람에 탈락한 기분이 든다. 혹은 정해진 코스를 달리지 않아서 처음부터 다시 달리기를 시작해야 한다거나.

터벅터벅 돌아가서 말이다. 한심한 노릇이다.

가호가 근무하는 회사는 도쿄의 예전 골목상권 분위기가 남아 있는 동네에 있다. 주로 가전제품용 취급설명서를 외주 제작하는, 직원 약 30명이 근무하는 중소기업이다. 구시대적 분위기가 강한 이 회사에도 자연스럽게 재택근무와 온라인 미팅이 도입되었다. 여전히 오십 대 이상의 관리직 중에는 출근을 희망하는 사람이 많아 가호도 어쩔 수 없이 출근해야 할 때도 있다. 히사다 에리나가 도시락의 나물무침을 입에 넣은 후 질렸다는 듯 말한다. 에리나는 가호보다 다섯 살 많은 회사 선배다.

"아니, 도대체 이 아저씨들 머릿속은 왜 업데이트가 안 되는 걸까. 너무 낡아서 고쳐 쓰기 불가능한 건가."

둘이 이런 이야기를 무수히 나누는 사이 그들에 대한 포기의 마음은 어느새 '이해할 수 없음'으로 바뀌었다.

"그러게요. 대체 무슨 일이 벌어지고 있는 걸까요? 아저씨들 머릿속에선."

그렇게 말하는 가호도 이제 삼십 대 중반이다.

"가호 씨도 오늘은 전무님 손님 약속 때문에 일부러 출근한 거잖아."

이과 대학원을 나온 기술직인 에리나와 달리 가호는 사무직이다. 사무 전반을 담당하면서 동시에 비서 업무도 맡고 있다.

"그나마 차를 직접 내지 않아도 되니까 얼마나 편해졌는지 몰라요."

방문 고객에게 차를 대접하는 것도 가호의 일이다. 손님용 다기에 녹차를 따른다. 손님께 차를 낼 때는 차받침을 손으로 받치는 게 예의라고 입사 때 연수에서 배웠다. 그러나 최근 몇 년 새 소형 페트병으로 된 인스턴트 차를 개봉하지 않은 채 한 병씩 회의실 탁자 위에 올려놓는 것으로 바뀌었다.

"잘됐잖아. 차 심부름 같은 건 시대착오적이야. 게다가 그 일을 여직원에게 시킨다니 명백한 성차별이잖아. 있을 수 없는 일이라고."

에리나가 기세당당하게 말한다.

"맞아요. 마시고 싶으면 본인이 직접 준비하면 되잖아요. 지금까지 몇 번이나 이 소리가 입에서 튀어나올 뻔했는지 몰라요."

이래저래 낭비가 심했다는 걸 뼈저리게 느낀다. 위태로운 나날이긴 했지만 회사 분위기에 커다란 변화가 찾아온 건 팬데믹을 경험한 덕분이다.

"그나저나 가호 씨가 입사 몇 년 차지? 언제까지 막내로 지내라는 건지 너무하네."

"내년 봄이면 12년이에요."

"12년이구나. 올해도 신규 채용은 없다는 거고."

에리나의 눈길이 아득해진다.

가호가 신입으로 입사한 이래 이 회사엔 신입이 들어오지 않았다. 그렇게 12년. 가호는 계속 회사 안에서 잡무를 맡아서 하고 있다. 이제 삼십 대 중반인데 여전히 막내다.

누군가 휴게실 문을 두드린다. 대답을 하니

"아, 요네자와 씨, 여기 있었구나"라며 한 기수 위의 남직원 하나나카가 얼굴을 들이밀었다. 그도 대학원 졸업이라 나이는 가호보다 세 살 위다.

"손님 오셨어요?"

음료는 냉장고에 있으니까 그냥 꺼내기만 하면 되는데 굳이 가호에게 부탁한다. 한숨을 내쉬자 하나나카가 고개를 양옆으로 젓는다.

"아니, 차장님 송별회 얘기예요. 오늘쯤은 날짜를 정하는 게 좋지 않을까 싶어서."

차장은 조기퇴직 제도를 활용해 다음 달에 퇴사한다.

"네. 근데 송별회는 좀 그렇지 않을까요?"

팬데믹 이후 직원들 여럿이 모이는 저녁 회식은 안 하는 분위기다.

"응, 그러니까 원하는 사람들끼리만 대여섯 명 모이자는 건데 그 정도는 괜찮을 것 같아요. 가게 예약도 일찍 해야 여유도 있고."

하나나카가 확신에 찬 어조로 말한다. 모이는 사람 수가 적으면 괜찮다는 건가. 무엇보다 술이 들어가면 갑자기 과도하게 흥분하는 차장이 걱정이다.

"저는 안 가도 될까요?"

"요네자와 씨는 저녁 회식도 조심하는 편이니까 뭐 그렇게 하던지요."

깐죽거리듯 대꾸하는 하나나카의 모습이 마음에 걸렸는지 "나도 불참"이라며 에리나가 바로 가호의 편을 들어주었다.

"히사다 씨는 늘 그러시면서 새삼. 회사 사람들이랑 잘 안 어울리시잖아요."

하나나카가 농담처럼 받아쳤다.

"일부러 송별회 한다고 다 같이 모여서 꼭 술을 마실 필요는 없잖아요."

"자자, 차장님은 회식 자리 좋아하시니까 이해 좀 해주세요."

진짜 대화는 술이 한잔 들어가야 한다느니, 입에 올리기도 부끄러운 말을 갖다 붙이며 하나나카가 무심한 미소를 보낸다.

"물론 두 사람 다 애써 참석할 필요는 없어요. 하지만 장소 정하는 거랑 예약은 요네자와 씨가 좀 맡아줘요. 부탁할게."

이해를 구하는 듯한 태도를 취하면서도 그렇게 자기 할 말만 남기고 문을 꾹 닫는다.

"제가 아직 막내니까요."

가호가 과장되게 떨떠름한 표정을 지어 보이자 에리나가 질린다는 듯 어깨를 움츠렸다.

"감자 두 개와 양파 한 개……."

이제 곧 저녁 시간인데도 아직 조명을 밝힐 필요가 없을 정도로 날이 밝습니다. 해가 완전히 길어졌습니다. 해님 크기가 늘었다가 줄어들었다가 하는 것도 아닌데 '해가 길어졌다'는 건 이상한 표현이죠. 어이쿠. 이런 세세한 표현까지 신경 쓰이기 시작한 건 이 사람 곁에서 오래 지낸 탓일까요.

키가 크고 덥수룩한 머리의 남자, 오래된 단독주택에서 카페 도도를 운영하는 주인장 이야기입니다. 소로리, 라고 본인 이름을 소개하는데 본명은 그보다 훨씬 평범한 것 같습니다. 옛날, 물론 제가 세상에서 사라진 이후인데요, 170년쯤 전에 쓰인 《월든》이라는 책의 저자인 소로우의 이름에서 자기 이름을 지었다는 말을 전에 한 적이 있습니다.

저는 소로리와 손님들이 딱 좋을 만큼의 행복을 누릴 수 있기를 바라면서 이 자리를 지키고 있습니다. 아, 인사가 늦었네요. 저는 이 카페의 부엌 기둥에 걸려 있는 작은 액자 속의 도도새입니다. 카페 도도의 아이콘 같은 존재라고 자부하고 있습니다.

소로리가 아까부터 오려놓은 신문 조각을 보면서 메모를 하고 있네요. 오늘의 메뉴 준비를 위해 재료를 사러 나갈 모양입니다. 레시피를 중간까지 읽다가 놀란 듯 눈을 동그랗게 뜹니다.

"음, 달걀이 여덟 개나?"

잘못 본 게 아닐까 싶은지 다시 한 번 신문지에 눈을 가까이 가져갑니다.

"일단 오늘은 양을 절반만 해서 만들어볼까."

달걀의 개수를 보고 놀랐나 봅니다. 방금 메모한 걸 지우개로 지우고 감자 두 개를 한 개로, 양파 한 개를 반개로 고쳐 쓰고 있습니다. 과연 어떤 게 만들어질지 기대됩니다.

"달걀이라……."

중얼거림과 동시에 불쑥 제가 있는 쪽을 쳐다보아서 깜짝 놀랐습니다.

"도도새의 알은 인간이 데리고 온 동물들에게 잡아 먹혀버렸잖아."

소로리의 말 그대로입니다. 천적도 없이 여유자적하게 살아가던 도도새들은 나중에 찾아온 인간들 때문에 멸종하고 말았거든요.

"너무 미안한 짓을 했어."

맞는 말입니다. 하지만 우리 도도새들이 평온하게 생활할 수 있는, 그런 여유로운 일상은 분명 멀리 있지 않을 거예요. 저는 그렇게 믿고 있습니다.

점심식사 후 양치질을 하고 화장을 고친 다음 사무실로 돌아오니 스마트폰에 메시지가 도착해 있었다. 방금 전까지 점심시간을 함께 보낸 에리나다. 기술팀인 에리나는 가호의 직속 상사는 아니다. 하지만 여직원이 30퍼센트 정도로 수가 적기도 해서 가호가 많이 의지하는 선배다. 무슨 일이 있을 때마다 자기 일처럼 신경 써주고 염려해준다.

스마트폰의 문자를 확인한다.

집에 가는 길에 간단하게 밥이나 같이 먹을까?

오늘은 수요일이다. 근무 체제가 다양하게 변화한 지금에 와선 별 의미가 없어지긴 했지만 어쨌거나 수요일은 '노 야근 데이'다. 언제나 바쁜 에리나도 제시간에 일을 마무리 지을 수 있을 것이다.

와, 좋아요.

답 문자를 하면서 '이렇게 퇴근 후에 외출하는 게 얼마 만인지.' 가호는 생각하고 있었다.

팬데믹 기간이 길어짐에 따라 적응하고 나아가는 길은 여러 갈래로 나뉘고 있다. 가호는 어느 쪽이냐 하면 신중파에 속한다고 생각한다. 외출했을 때 여전히 사람이 많은 곳에서는 마스크를 벗지 않으며 무언가를 만진 후엔 반드시 알코올로 손을 소독하는 것이 습관이 되었다. 예전엔 파우치 안에 립스틱과 마스카라를 꼭 챙겨 다녔지만 지금은 휴대용 소독 스프레이도 함께 챙긴다.

그렇게 지내온 가호도 최근엔 조금씩 조심의 수준이 느슨해지고 있다. 회사는 재택근무가 메인으로 바뀌었지만 오늘처럼 상사의 일정에 맞춰서, 혹은 잡무 처리를 위해 출근하는 날도 적지 않다. 이런 식이니 주말에도 출근하는 사람이 생겼고 가호도 그렇다. 재택근무로 바뀐 이후로 주말 출근을 해도 휴일근무수당은 지급되지 않는다. 하지만 회사에 사람이 적은 편이 일도 잘되고 혼잡한 출퇴근 열차에 시달릴 걱정도 없다. 자연스럽게 에리나와 출근일이 겹치는 일 자체가 거의 없어졌다.

전에는 에리나와 자주 밖에서 밥을 같이 먹었다. 오랜만에 마음 편히 이야기 나누는 것도 좋겠다는 생각이 든 것은, 업무가 순조롭게 진행되어 여유가 생겼기 때문일 것이다. 주어진 일은 미루지 않고 바로 착수한다. 효율적으로 요령껏 처리해나가면 업무가 쌓이는 일은 없다. 타임 퍼포먼스가 중요하다. 깔끔하게 정리된 서류 더미를 보면서 가호는 어떻게든 시간 안에 해냈구나, 만족해하며 잠시 숨을 돌린다.

퇴근 시간에 딱 맞춰 책상 정리를 마치고 로커로 향한다. 비서 역할도 겸하는 사무직인 가호는 근무 중엔 남색의 치마 정장 유니폼을 입는다. 하얀색에 가까운 옅은 베이지색 바지 정장으로 갈아입고 에리나의 자리로 가니 시계는 오후 다섯 시 십 분을 가리키고 있었다. 에리나의 자리는 자료와 서류들로 둘러싸여 있었다.

"오늘도 수고하셨습니다. 저는 나갈 준비 됐어요."

산처럼 쌓인 자료 더미 사이로 얼굴을 비추며 말을 건넨다. 에리나도 곧바로 PC의 전원을 끄고 "먼저 가보겠습니다"라고, 누구에게랄 것 없이 말을 던지고 자리에서 일어섰다.

"어디로 갈까?"

나란히 함께 회사를 나선다. 해방감에 젖어서인지 에리

나가 으음, 하며 기지개를 켠다.

"역 맞은편 가게도 한동안 안 가봤잖아요."

"그럼, 언덕길 위쪽으로 가볼까?"

에리나가 앞장서서 걷는다. 음식점 수는 요 몇 년 사이 급격히 줄었다. 다만 문을 닫은 가게들 자리에 최근에는 조금씩 새로운 가게들이 들어서기 시작한 듯 비탈진 큰길가에도 꽤 많은 변화가 생겼다. 고풍스러운 분위기의 돈카츠 가게가 있던 자리에 라면 체인점이 들어서고 가볍게 글라스와인을 즐기던 캐주얼 펍은 드럭스토어로 바뀌었다.

"어? 오키나와 요리점이 없어졌네요."

"진짜네. 소키소바(삶은 돼지갈비를 얹은 오키나와의 소바 요리-옮긴이)가 맛있었는데."

점심때 몇 번인가 방문했던 가게는 테이크아웃 커피점으로 바뀌어 젊은 남녀가 줄을 서고 있었다.

"이런 가게가 지금은 유행인가 봐."

에리나가 석연찮은 표정으로 말한다.

"테이크아웃 전문점이네요."

집콕 수요, 집에서 혼술, 테이크아웃, 음식 주문배달……. 스마트폰을 열면 그런 말들이 넘쳐난다. 가호는 심플하면서도 세련돼 보이는 가게를 슬쩍 곁눈으로 훑는다. 간판에는 유기농 원두를 사용한다는 광고 문구가 적혀 있다.

"하지만 편의점 커피도 충분히 맛이 있잖아. 아무리 엄선한 원두를 정성스럽게 핸드드립으로 내려준다고 해도 종이컵 한 잔에 커피값이 700엔이나 하면……"

간판에 적혀 있는 가격을 보니 자연스럽게 목소리가 작아진다.

"일상의 작은 사치 같은 거죠, 뭐."

"약간 세련된 분위기에다 친환경적인 이미지가 먹히는 거겠지. 광고 문구만 보면 어깨 힘을 뺀 것처럼 보이지만 그게 오히려 숨 막히는 기분이 든다니깐."

언제나 활기찬 에리나가 보기 드물게 피곤한 표정을 지었다.

큰길가에서 벗어나 옆 골목으로 들어서니 공기가 갑자기 맑아진 느낌이다. 직전까지의 소란스러움이나 번쩍이는 조명들과도 아득히 멀어진 듯하다. 산뜻해진 정신으로 걷다 보니 눈앞에 작은 간판이 나와 있었다. 골목으로 이어지는 방향으로 화살표가 그려져 있다.

"안쪽에 가게가 있나 봐요."

가호가 간판을 읽는다. '카페 도도'라는 가게 이름 밑에는 '1인 전용 카페'라고 추가로 적혀 있다.

"어머, 1인 전용이라니 신기하네."

에리나도 간판에 눈길을 주며 말했다. 간판에 적힌 메뉴 이름을 가호가 소리 내어 읽는다. 일반적인 음료와 샌드위치, 소박한 간판 모습에 비해 의외로 제대로 공들여 만든 것들을 판매하는 것 같다. 거기에 오늘의 스페셜 메뉴도 있다.

"달걀 네 개로 만든 오믈렛이래요. 맛있겠다."

가호가 몰입해서 보고 있으니 에리나가 길을 재촉하듯 말했다.

"그렇지만 1인 전용이라서 같이 가진 못하겠다."

숨겨진 카페도 좋아 보이지만 이건 어쩔 수 없다. 서둘러 걸어가는 에리나의 뒤를 따라가니 도로 건너편에 경쾌한 분위기의 네온사인을 켜놓은 중화요리집이 보인다.

"까다롭게 고른 사오싱주(중국 사오싱 지방에서 나는 양조주-옮긴이)라니, 어떤 맛일까 궁금하네요."

가호는 술이 센 편은 아니지만 맛있는 술을 한 모금씩 홀짝이며 음미하는 걸 좋아한다. 가게 앞의 광고 문구를 보니 한잔 하고 싶은 생각이 든다.

청결한 느낌의 중화요리 가게 안은 카운터 자리 외에 4

인용 테이블이 두 개 있다. 오픈한 지 얼마 안 됐는지 '축개업' 푯말이 걸린 관엽 식물 화분이 두세 개 바닥에 놓여 있었다. 카운터에 나란히 앉아 각자에게 전달된 메뉴판을 보다가 "사오싱주도 종류가 많네요"라며 가호가 입을 열자 에리나가 애매한 미소를 지었다. 마음이 딴 데 가 있는 듯한 표정을 보고 있자니 뭔가 이상한 예감이 들었다.

"나는 오늘 술은 안 마시려고."

"웬일로요?"

자신도 모르게 불쑥 그런 말이 나왔다. 술을 좋아하는 에리나가 그런 선택을 하는 건 아주 드문 일이다.

"내일은 아침부터 온라인 미팅이 잡혀 있어. 늦잠 자도 곤란하고."

가볍게 말을 돌렸지만 마음 편히 술도 한잔 못 하는데 일부러 오늘 부른 데에는 다른 의미가 있을 것이다. 불안감이 몰려왔다. 단품 요리를 세 가지 정도 주문하자 주인이 미리 두 사람 몫으로 나눠서 가져다주었다. 작은 접시에 담긴 요리가 나란히 놓여 있으니 마치 두 사람이 각자 정식을 주문한 듯 보인다. 잔을 부딪치지 않고 각자의 잔을 드는 동작으로 건배를 했다.

"이렇게 밥 먹으러 오는 것도 오랜만이네."

에리나의 평소와 같은 활달한 목소리를 듣고 가호는 자신이 쓸데없는 걱정을 한 거라고 마음을 놓으면서 대답한다.

"애당초 외식 자체가 얼마 만인지 모르겠어요."

"가호는 정말 조심하면서 지냈잖아."

가호의 그런 조심성을 사람들은 놀라워하지만 반대로 여행을 가거나 사람들이 많이 모이는 곳에서도 그다지 신경 안 쓰고 생활하는 사람들을 보면 자신이 너무 오랫동안 겁을 내는 건지 미심쩍기도 하다. 카운터 한쪽 구석에 세워진 보드에는 오늘의 추천 메뉴가 적혀 있다. 참깨경단과 중국식 젤리인 행인두부라는 글씨에 이끌려 디저트로 뭘 주문할지 의논하려고 옆으로 고개를 돌린다. 그때 에리나가 굳은 표정으로 입을 열었다.

"실은, 하고 싶은 이야기가 있어서."

"뭔데요? 이렇게 진지한 얼굴로."

가호의 불안은 틀리지 않았다. 두 번쯤 자기 자신을 이해시키는 것처럼 고개를 끄덕인 후 에리나가 불쑥 중얼거린다.

"응, 결혼을 하게 됐어."

"네에?"

혼자 마음속으로 나쁜 일을 상상하고 있었던 만큼 놀라

움보다 기쁨이 더 컸다.

"예전에 말씀하셨던 그분이군요."

규슈에 있다는 상대방의 이야기는 몇 번인가 들은 적 있다.

"맞아, 규슈 남자(일본에서 규슈 남자는 남자답고 씩씩하다고 한다-옮긴이)."

남자다운 강인함이 매력적이면서 한편으로 너무 완고한 성격이라고 푸념하듯 이야기했던 게 인상적인 기억으로 남아 있지만, 그래도 가호에겐 자랑처럼 들렸다.

'좋겠다.' 마음속으로 부러워하며 "축하드려요"라고 인사를 전한다.

결혼이 전부도 아니고 이 나이까지 혼자 사는 데 익숙해지면 남자친구나 남편이 곁에 있는 생활은 상상만으로도 귀찮고 성가시다. 그렇지만 서로 함께 있기에 더욱 나다워질 수 있다면 그것 멋진 일이다.

"결혼을 결심하신 결정적인 계기는 뭐였어요?"

예능 프로그램의 리포터처럼 질문을 던지자 에리나가 부끄러운 듯 고개를 갸웃했다.

"음, 우리는 서로 너무 달라. 보통 웃음 포인트가 같으면 죽이 잘 맞는다고 하잖아."

"네. 같은 영화를 보면서 같은 장면에서 감동한다거나,

그런 거죠."

"그래, 그거. 와 똑같다, 싶은 순간 들뜨고 그렇다고 하잖아."

에리나가 이상하다는 듯 후, 하고 한숨을 내쉰다.

"안 그래요?"

"응, 전혀. 예를 들어 영화 같은 경우엔, 내가 생각도 못 한 장면에서 엄청나게 칭찬을 쏟아내며 흥분하는 식이야."

처음엔 별 이상한 사람이 다 있네, 라고 생각했다고 한다. 그게 오래 사귀다 보니 변해갔다는 것이다.

"내가 모르는 곳으로 데려가 준다는 느낌이 들었어. 세상이 넓어지는 것 같고 이 사람과 함께 살면 틀림없이 재미있을 거야, 뭐 그런 느낌."

그렇게 말한 다음 "자기도 알다시피 내가 원래 연구자 기질이 있어서 새로운 발견을 즐기잖아"라고 부끄러운 듯 덧붙였다. 그건 상대방도 마찬가지였던 듯 "그렇게 생각할 수도 있구나"라며, 에리나의 의견이나 감상을 듣고 놀라워하거나 즐거워했다고 한다. 혼자서는 가질 수 없었던 선택지가 늘어나 더 좋은 결론을 끌어낼 수 있다. 서로를 발전시키고 인정해주는 어른의 관계다.

"멋있어요."

가호는 깊이 감동한다.

"고마워."

술을 마시지도 않았는데 에리나의 뺨이 조금 달아올랐다.

"살 집은 어디로 정하셨어요?"

"응. 그러니까 혼인신고를 마치고 나면 규슈에서 살 거야."

"뭐 그게 자연스럽긴 한데."

자기도 모르게 입술을 샐쭉거렸지만 축하할 일에 찬물을 끼얹어선 안 된다. 상황을 이해하고 고개를 끄덕인다.

"일단 회사는 봄에 퇴사할 거야. 하지만 프리랜서 계약으로 돌리고 지금 하는 일은 계속하기로 했어."

에리나가 없으면 회사 입장에서도 타격이 크다. 원격근무 시스템의 발전에 감사할 따름이다. 혼인신고와 이사는 초여름쯤 할 예정이고 당분간은 왔다 갔다 하면서 생활한다고 한다.

"다행이다."

잔뜩 긴장하고 있던 어깨에서 힘이 빠졌다. 자기도 모르게 나와버린 가호의 진심에 에리나가 웃음을 지었다.

"그런데 그분이 이쪽으로 이사를 온다거나 주말부부로 지내는 쪽은 생각 안 해보셨어요?"

"사실 그 말도 했어. 자기 일은 그야말로 장소가 어디든 상관없다면서."

게임 앱 개발자라고 한다. PC와 인터넷 환경만 갖춰져 있으면 하늘 위에서도 일은 할 수 있다는 식이다.

"그러면."

자신도 모르게 목소리가 커졌다.

"근데 나도 도쿄의 화려함이 조금 피곤해져서 말이야. 지방에서 느리게 살아보는 것도 좋겠다 싶어."

도시에서 이주하거나 시골에도 집을 마련해놓고 두 집을 오가며 사는 사람들도 늘고 있다고 들었다.

"게다가 나도 마흔 가까이 먹었고 한가하게 시간을 보낼 만한 나이도 아니잖아. 좀 초조한 것도 사실이야."

에리나는 우롱차가 담긴 유리컵을 들어 올렸다. 아무래도 임신을 고려하고 있는 듯하다.

"선배님은 결혼하고 아이가 생겨도 일은 계속할 거라고 하셨으니까요."

가호는 풀이 떨어졌다고 지적받았던 유치원 때를 떠올린다. 엄마는 전업주부로 아이들을 돌볼 시간이 많았다. 가호도 언니도 일반 보육시설이 아닌 유치원에 다녔다. 그래서 일반 보육시설과 유치원은 관할과 구조가 다르다는 걸 사회생활을 시작하기 전까진 알지 못했다. 지금은 한 살 미만의 영아를 어떻게 인가 보육시설에 넣을지가 일하는 여성들에겐 사활이 걸린 문제가 되었다.

"결혼해도 똑같이 계속 일하고 싶어."

에리나도 함께 점심을 먹을 때마다 그런 얘기를 화제로 삼았다. 만약 아이가 태어나면 갓난아기 때부터 보육시설에 맡기고 1년 육아휴직을 다 쉬지 않고 바로 복귀할 거라며 의욕에 차 있었다. 여자로서의 삶의 방식과 일하는 방식은 가호가 어린아이였던 시절과 크게 달라졌다. 그리고 다시 최근 2년 사이에 180도 세상은 바뀌었다. 결혼에는 타이밍과 결심도 중요하다.

"지금은 어디서든 일할 수 있으니까요."

그렇게 말은 했지만 에리나가 회사를 떠난다는 사실은 변함이 없다.

"선배님이 안 계시면 외로울 거예요."

가호는 풀 죽은 모습을 굳이 숨기지 않았다.

"회사에는 자주 얼굴 비출 일이 생길 거야. 아저씨들이 이러쿵저러쿵하면서 불러대겠지."

에리나는 웃으며 그렇게 얘기하고 나서 "정리 좀 되면 규슈에도 놀러 와"라고 말해준다. 가벼운 마음으로 오갈 수 있는 시간이 이제 곧 올까.

"그나저나 세상은 앞으로 어떻게 되는 걸까."

불안한 것은 신변 문제뿐만이 아니다.

"앞이 보이지 않네요."

가호가 어깨를 떨구었다.

카페 도도의 부엌에서는 조리가 시작되었습니다. 소로리가 껍질째 삶은 감자를 주사위 모양으로 썰고 있습니다.

"앗, 뜨거워."

소로리가 큰소리로 외치더니, 당황하여 뜨거운 김이 맹렬하게 올라오는 감자에서 손을 뗍니다. 잠시 한숨 돌리나 싶었는데 선반에서 프라이팬을 꺼냈습니다. 손바닥을 쫙 펼친 정도의 작은 크기입니다. 무쇠일까요. 새까맣고 꽤 무거워 보입니다. 어쩌면 전에 손님이 "이제 쓰지 않아서요"라며 양도한 것일지도 모릅니다.

이제 천천히 달걀 네 개를 꺼내 하나씩 볼에 깨뜨려 넣습니다. 요리용 젓가락으로 휘젓고 나서 방금 자른 감자와 양파, 베이컨 등을 넣습니다. 마지막으로 한 줌 가득 쥐어서 한데 섞은 것은 잘게 썬 치즈 같습니다. 소로리는 한 번 크게 숨을 내쉬고 불 위에 올린 프라이팬에 천천히 볼 속의 내용물을 부었습니다.

그리고 "어떻게 될까"라고 혼잣말을 하더니 팔짱을 낀 채 지켜봅니다.

"음, 뭔가 이상한데."

내용물이 가득 들어간 오믈렛은 나름 맛있어 보이지만 소로리의 눈엔 만족스럽지 않은가 봅니다.

"뭐, 맛은 나쁘지 않군."

오늘 밤엔 이 정도로 됐다, 하고 마음을 정한 것 같습니다.

차장의 송별회에 가호도 마지못해 참석했다. 에리나와의 합동 송별회도 고려하긴 했지만 본인이 일부러 공식적인 자리를 마련하는 건 싫다고 해서 그건 안 하기로 했다. 파인다이닝의 야외 자리를 예약하고 3차, 4차까지 이어지지 않도록 하나나카에게도 미리 못을 박아두었다.

"히사다 씨의 결혼 상대는 어떤 분일까."

그 자리에 없는 사람은 반드시 안줏거리로 삼게 되는 법이다.

"세련돼 보이는 분이셨어요."

가호의 말에 일찌감치 얼굴이 불콰해진 차장이 물고 늘어진다.

"어, 만난 적 있어?"

"사진이요."

전에 스마트폰 사진을 보여줘서 본 적이 있다는 말이다. 상큼하고 활기찬 미소가 눈부신 사람이었다.

"규슈 남자잖아. 히사다처럼 기 센 여자랑 잘 지낼 수 있을까."

차장이 무례하게 얘기하는 것에 화가 난다.

"그러고 보니 이번에 오는 사카키 씨도 규슈 출신이네요. 후쿠오카였나."

하나나카가 닭튀김에 손을 뻗는다. 오랜만에 새로운 여직원이 들어오는 게 무척 기대되는 건지 무척 상세히 알고 있다.

채용 이야기는 이미 들었다. 에리나의 퇴직에 따른 인사이동이지만 업무 자체는 에리나가 프리랜서 계약을 하고 계속 담당하기 때문에 변화는 없다. 다만 전체 직원 중 한 명이 빠지는 만큼 간사이에 있는 관계사에서 파견 형태로 직원을 충원하기로 했다. 항상 사람이 부족한 가호네 부서에 배치되는 걸로 결정되었다고, 하나나카에게 전해 들었다.

"요네자와 씨도 잘됐잖아. 드디어 막내 탈출이네."

차장이 가호에게 아주 친근한 척 말을 건넨다. 탈출이 될까. 사내 소식통인 하나나카에 따르면 새로 입사할 사람은 28세라고 한다. 가호보다 나이가 어린 건 확실하지만 근무 조건에 따라선 그쪽 경력이 많을 수 있겠다고 생각하고 있는데 차장이 불쑥 말을 꺼낸다. 악의는 없는 말투다.

"하카타 미인(하카타는 일본에서 전통적으로 미인이 많다고 일컬어지는 지역이다-옮긴이)이 오겠네."

이쯤 되면 명백한 성희롱이다. 이놈들 때문에 이 나라가 한 발짝도 앞으로 못 나가는 거다. 분노가 얼굴에 표출됐을지도 모른다.

"차장님, 그런 말씀은 하시면 안 돼요."

하나나카가 차장의 입을 막아준 건 고마웠다. 최소한의 이해심을 가진 동료가 있다는 사실에 가슴을 쓸어내린다. 가호는 마음속으로 불끈 쥐었던 주먹을 슬그머니 내려놓았다.

정식 발령은 4월 1일이지만 미리 인사차 들렀다며 사카키 하즈키가 회사를 방문한 날에는 이른 봄 특유의 매몰찬 바람이 불었다. 옅은 핑크와 보라색의 보태니컬 모양이 들어간 원피스의 허리 부분에 하얗고 넓은 고무벨트가 타이트하게 감겨 있어서 늘씬한 스타일을 더욱 돋보이게 만들었다. 레이온 같은 얇은 소재의 옷자락이 걸을 때마다 춤을 추듯 살랑거렸다.

"잘 부탁드립니다. 그리고 지난주 고향 다녀오는 길에 사온 건데 같이 드세요."

크림색 종이에 쌓인 선물 꾸러미가 부장에게 건네진다.

"아, 도리몽 화과자네! 이거 정말 맛있는 건데."

얼굴을 들이밀어 살피던 하나나카가 목소리를 높인다. 단순히 마음에 드는 과자를 받고 좋아하는 게 아니다. 하즈키가 회사에 왔다는 것에 대한 기쁨이 단어 하나하나에 전달된다.

"도리몽 알고 계시네요."

하즈키가 눈을 크게 뜨자 창에서 비친 햇빛이 눈동자에 닿아 별처럼 반짝였다.

"절친이 하카타 출신이라서 가끔 선물로 받아요. 사카키 씨는 선물 고르는 센스가 있네."

하나나카의 말투가 평소보다 허물없는 부분이 아까부

터 신경 쓰였다. 회사의 다른 남자들에 비해선 그나마 나은 편이라고 생각했지만 이 인간도 어쩔 수 없는 아저씨구나 싶어 가호는 순간 싫은 마음이 올라왔다. 두 사람의 대화는 즐겁게 이어진다.

"역시 그러신 거군요!"

하즈키가 성의껏 수긍하자

"오, 하카타 사투리."

하나나카가 검지를 세우며 재미있다는 듯 지적했다.

"네? 저요?"

별처럼 반짝이던 눈동자에 순간 그림자가 덮친다. 표정이 확확 바뀐다. 마치 변덕쟁이 봄 날씨 같다고, 가호는 관찰하면서 생각한다.

"하카타 사람들은 말끝에 '거군요'라는 표현을 엄청 많이 붙이잖아요. 그 부분이 미묘하게 다르다니까."

그런 것도 모른 채 표준어라 생각하고 계속 써왔다며 머리를 긁적이는 하즈키에게 하나나카가 눈웃음을 지어 보였다.

"그거 있잖아요. 그거 좀 해봐요. '뭐 하니~?'라고, 하카타 사투리로."

순간 하즈키가 고개를 갸우뚱하더니 이내 요령을 터득

했는지,

“뭐 하니~.”

그러면서 말끝을 길게 늘어뜨렸다.

“귀엽잖아~.”

하나나카가 하즈키의 말투를 흉내 내자 부서 내에 웃음 소리가 울려 퍼졌다. 그 순간 사무실 안을 떠다니던 공기에서 먼지 같은 게 한꺼번에 사라진 듯한 느낌이 들었다. 갈 곳을 잃은 먼지는 가호의 가슴속 깊이 훅 들어와서 작은 봉우리처럼 쌓여갔다.

“요네자와 씨, 잠깐 여기 좀.”

그 풍경을 멍하니 바라보던 가호를 하나나카가 손짓해 불렀다.

“저분이 우리 회사 사무를 주름잡고 있는 요네자와 씨.”

그렇게 하즈키에게 소개하는 것을, 그만 좀 해요, 라고 말린 뒤 “요네자와입니다”라고 단정한 인사를 건넸다.

“잘 부탁드립니다. 저는 도쿄가 처음이라 좀 낯설어요.”

하즈키의 눈썹이 팔자 눈썹이 되었다. 간사이에서 대학을 나오자마자 바로 지금의 회사에 취직했다는 설명이다.

“참, 이사할 데를 아직 못 정했다고요?”

회의실로 안내하던 하나나카가 힐끔힐끔 뒤를 돌아보

며 묻는다.

“일단 온라인으로 찾아서 연락은 해보고 있는데요.”

계약이나 이사 준비를 생각하면 가능한 한 일찍 서두르는 게 낫다. 졸업과 입학, 전근 등에 따른 이사 시즌도 피크가 코앞이다.

“아, 요네자와 씨한테 물어보면 되겠다. 요네자와 씨는 독립한 지 오래됐으니까.”

대학 입학과 동시에 본가를 나왔다. 생각해보니 본가에서 지낸 기간과 도쿄에서 혼자 산 시간이 거의 비슷해졌다. 그렇다고 해서 타인의 생활에 조언할 수 있는 건 아니다. 가호가 대답하기 곤란해하는데 하즈키가 가호 쪽으로 몸을 돌리며 큰 눈을 동그랗게 떴다.

“그러신 거군요. 아, 성함을 여쭤봐도 될까요?”

여러 번 알려줬을 텐데 머릿속에 없는 걸까.

“네? 요네자와인데요.”

“아니요. 성 말고 이름이요.”

“요네자와…… 가호예요.”

이름까지 알려줄 필요가 있을까.

“가호 선배님, 어떤 한자를 쓰세요?”

“여름 하(夏)에 범선의 범(帆)이에요.”

"범선이요?"

내가 뭔가 이상한 소리라도 한 건가. 하즈키가 멍하니 입을 벌린 채 고개를 갸우뚱한다.

"그거 있잖아요. 이렇게 밑으로 일자를 긋고,"

하나나카가 허공에 대고 건(巾)이라는 한자를 적는다.

"그 옆에 '평범하다' 할 때의 범(凡) 자."

평범. 틀린 말은 아니다. 하지만 좀 다르게 표현할 순 없었을까.

"아, 요시오카 리호(吉岡里帆)의 '호'와 같은 한자군요. 멋진 이름이에요."

배우의 이름을 말하면서 얼굴 아래 양손으로 꽃받침을 만든다.

"고마워요."

칭찬을 받은 건 이름을 지어주신 부모님일까, 아니면 요시오카 리호일까.

"가호 선배님은 어디 사세요?"

회사에서 처음 만난 사람에게 성이 아닌 이름으로 불리는 게 거의 처음이다. 여기가 해외인가 싶고, 조금 부끄러워져서 얼굴이 붉어진 채 살고 있는 주오선의 역 이름을 알려준다.

"알아요, 알아요. 거기, 인터넷으로 검색했더니 예쁘고 세련된 동네라고 적혀 있었거든요."

흥분한 듯한 표정이 일부러 연기하는 것처럼 보이기도 한다.

"역시 그러신 거군요."

하즈키는 방금 전에도 썼던 하카타 사투리를 입에 올렸다.

"아, 이런. 어느새 입버릇이 됐어요."

오른손을 입가로 가져가는 하즈키를 향해 하나나카가 애정 가득한 눈길을 보내며 회의실 문을 열었다. 하즈키를 상석에 앉히고 맞은편에 하나나카와 가호가 앉는다. 하나나카가 노트북을 켜고 화면에 서류 파일을 연다.

"사카키 씨는 일단 경비 정산을 도와주면 좋겠어요."

액셀의 입력 화면을 설명하면서 하나나카가 노트북을 하즈키 쪽으로 돌리자 몸을 숙이고 얼굴을 바짝 갖다 댔다.

"그쪽으로 가서 봐도 될까요? 제가 눈이 안 좋아서요."

자리에서 일어서나 싶더니 어느새 성큼성큼 걸어와서 하나나카 옆에 있는 의자를 끌어당겼다. 하나나카가 조심스럽게 몸을 빼는데도 아랑곳하지 않고 하즈키가 화면을 들여다본다. 이전 직장과 시스템이 다르기라도 한 것인지 뺨에 손을 갖다 대고 걱정스러운 표정을 지었다.

"아, 잠시만요. 시스템을 도입한 전임자가 만들어놓은 매뉴얼이 있을 거예요."

그 말을 남기고 하나나카가 자리에서 일어선다.

회의실에 가호와 하즈키만 남겨졌다.

"지금 전부 기억할 필요는 없으니까요. 나도 옆에서 도울 거고요."

침묵으로부터 도망치듯 가호가 입을 뗀다.

"가호 선배님, 친절하시네요."

하즈키가 가호의 얼굴을 정면에서 쳐다본다. 꼼꼼하게 그린 아이라인이 눈꼬리쯤에서 흐릿해지면서 밑으로 뻗어 내려가 눈 아래쪽 눈꼬리의 아이라인과 이어진다. 뷰러로 위로 뻗게 만든 속눈썹에는 정성스레 마스카라를 해서 부채꼴 모양으로 정리했다. 하즈키가 눈동자를 깜빡이는 모습을 보면서 가호는 자신의 눈화장이 흐트러지지 않았는지 새삼 신경이 쓰이는 참이었다. 그때 하즈키가 갑자기 싱글벙글하며 검지를 입술 앞으로 가져간다.

"참, 회사에는 비밀인데요. 가호 선배님한테만 말씀드릴게요. 실은 함께 사는 남자친구가 있어요. 마침 그 사람도 같은 시기에 이쪽으로 전근을 오게 되어서요."

"아."

"가호 선배님이 사시는 동네가 좋아 보이기는 하지만 거긴 1인 가구 위주가 많잖아요."

"그럴지도요."

가족이 함께 살 만한 아파트는 기본적으로 분양을 받아야 한다. 임대를 해도 월세가 비교적 비싼 편이다.

"그래서 조금 출퇴근에 시간이 걸리긴 하겠지만, 거긴 어떨까요?"

그러면서 지하철 선로 주변의 지명을 언급했다. 아까 했던 말과 달리, 어느 정도 마음속으로 결정을 내려놓은 곳이 있는 것이다.

"교통편도 좋고 대형 쇼핑몰도 있으니까 생활하기 편리할 것 같네요."

"다행이다. 가호 선배님이 그렇게 말씀해주시니 안심이 되네요."

이 말을 진심으로 받아들일 만큼 순수한 뇌 상태라면 세상살이가 편해질까, 그런 생각까지 하는 자기 자신에게 정나미가 떨어진다.

"실무는 업무 배치가 정해진 후부터고 오늘은 어디까지나 오리엔테이션이니까요."

그렇게 말하고 나서 하나나카가 가볍게 미소를 지으며 앞장서서 걷는다. 잠시 후 하즈키가 멈춰 섰다.

"저기, 히사다 에리나 선배님은 오늘 자리에 안 계실까요?"

하즈키는 에리나의 퇴사를 계기로 파견 결정이 난 것이다. 인사라도 하고 싶은 걸까.

"글쎄요. 휴가가 많이 남아 있었으니까."

관심 없어 보이는 하나나카에게 뾰로통한 채로 가호가 말한다.

"아까 보니 부스에서 작업 중이셨어요."

에리나는 일에 집중하고 싶을 때 부스에 콕 박혀 있다는 걸 가호는 알고 있다. 자기 자리는 기자재와 자료가 있어서 작업할 때 편하지만, 아무한테도 방해받지 않고 일에 전념할 수 있기 때문에 시간을 다투는 급한 안건이 있으면 에리나는 도망치듯 이곳에서 일한다고 전에 말한 적이 있다. 주위를 둘러싸고 있는 파티션 덕분에 까치발을 하고 들여다보지 않는 한 누구의 눈에도 띄지 않는다. 지나가던 직원들이 말을 걸까 걱정할 필요도 없다.

"만나 뵐 수 있을까요?"

눈을 치켜뜨고 물어보는 하즈키를 부스로 안내한다.

"에리나 선배님, 바쁘신데 죄송해요. 잠깐 시간 괜찮으세요?"

가호가 파티션 밖에서 말을 거는 사이 하나나카가 에리나의 대답도 기다리지 않고 성큼성큼 부스 안으로 들어가서 "뭐 하세요?"라고 의아한 듯 묻는다. 뒤따라 가호도 들어가자 에리나가 파티션 벽에 손을 댄 채 얼굴을 돌렸다.

"이런 사무실 전용 책상 앞에 앉는 일도 앞으로 없겠구나, 생각하니 감회가 남다르달까. 뭐 이런저런 기분이 드네."

파티션에는 회색빛이 감도는 푸른 벽지가 붙어 있다. 털이 짧은 카펫 같은 천 위에 올렸던 손을, 차가워 보이는 책상으로 옮겨 손바닥으로 쓰윽 쓰다듬는다.

"감상에 젖어 계신데 죄송해요."

하나나카가 아무런 마음의 동요 없이 그렇게 말한 뒤 부스 밖에서 기다리던 하즈키를 불렀다. 소개할 겨를도 없이 하즈키가 곧장 에리나의 의자 옆으로 달려갔다.

"히사다 에리나 선배님이시죠? 기술팀에서 첫 여성 책

임자시라고 들었어요. 꼭 만나 뵙고 싶었습니다."

아이처럼 순수한 눈빛으로 에리나를 바라본다.

"아, 그래요?"

하나나카의 목소리가 확 달라진다.

"최종보고서 같은 데서 종종 에리나 선배님의 성함을 봤거든요."

에리나는 거래처에서 받은 자료를 체크하고 문제점을 찾아내 검증하고 수정하는 것이 주요 업무다. 해외의 자료인 경우엔 번역부터 담당하는 등 처리하는 일의 범위가 넓다. 하즈키가 원래 근무하던 회사는 이렇게 검증한 내용을 정리해 업체 측에 다시 보내는 일도 한다. 필시 그 과정에서 에리나가 작성한 보고서를 볼 기회가 있었을 것이다. 좋아하는 연예인이라도 만난 것처럼 흥분하던 하즈키가 급히 슬픈 표정을 짓는다.

"제가 봄에 출근하면 더 이상 회사에 안 계시잖아요."

"그거야, 히사다 씨의 결원으로 사카키 씨가 들어오는 거니까."

쓴웃음을 짓는 하나나카에게까지 쓸쓸한 시선을 보내며 하즈키가 에리나에게 오른손을 내민다.

"저, 악수 한 번 할 수 있을까요?"

"어, 나하고?"

에리나가 당황하자,

"아, 불쑥 죄송해요. 그럼, 주먹인사라도."

그러면서 앞으로 내민 오른손을 주먹 쥐었다.

"와, 유명 인사시네요."

하나나카가 감동한 듯 고개를 끄덕이며 말했다. 지금까지 본 적 없는 그의 시선에서 에리나에 대한 존경심마저 느껴졌다. 에리나는 주먹을 쥐고 하즈키가 내민 하얀 주먹에 살짝 부딪히고 나서 얼굴 표정을 부드럽게 풀었다. 그대로 잠시 멈춰 있었는데 마치 하나나카에게 보란 듯이 그러는 것도 같았다. 에리나가 회사에서 보낸 근속 15년의 무게를 새삼 떠올리게 된다. 하지만 그걸 눈에 보이는 형태로 표현한 것은 가호가 아니라 회사에 새로 막 온 하즈키다. 창문으로 햇살이 비쳐서일까. 부스의 벽지에서 흐릿한 회색이 벗겨진 것 같았다. 햇살은 이내 에리나의 풍성한 미소 위에 포개졌다.

하즈키를 지도하는 일은 가호가 일임하게 됐다. 첫날인

4월 1일에는 가호도 하즈키도 아침부터 출근했지만 그날 이후론 한동안 온라인 연수가 이어졌다. 오늘은 외부 손님의 회사 방문 일정에 맞춰 가호도 연수를 겸해 출근했다.

"먼저 손님이 오시면 차를 대접해요."

함께 탕비실로 들어간다. 오랜만에 만난 하즈키는 유니폼이 맞춤복처럼 잘 어울렸다. 촌스럽다고 생각했던 유니폼이 화려하고 멋진 정장처럼 보였다. 고객 응대라고 해도 단순한 업무다. 일일이 메모할 필요도 없는데 가호의 설명에 고개를 끄덕이며 하즈키가 스마트폰의 메모 앱에 시선을 고정한다.

"이 캔에 든 차를 우려서 내면 될까요?"

탕비실 선반에 하즈키가 손을 뻗는다. 가호가 고개를 가로젓는다.

"페트병에 있는 걸로 내면 돼요. 차를 직접 대접하는 문화는 이제 없어지고 있으니까."

그렇다 해도 아직도 차 대접하는 교육을 하다니 옛날 감성이 남아 있는 업무 형태가 가호는 부끄러워진다.

"아뇨. 저도 처음 배치된 곳에서 차 내는 법부터 지도받았기 때문에 익숙해요."

그렇게 대답하는 하즈키에게 "일부러 도쿄까지 왔는데

이런 일이나 하게 해서 미안해요"라고 사과하고 싶어진다.

"집에서도 차 내리는 일은 제 담당이에요."

차는 마시고 싶은 사람이 내리면 된다. 굳이 역할 분담을 할 필요가 있을까.

"남자친구가 대학병원에서 일하는 의사라 생활이 불규칙해요. 함께 살고 있다고 해도 얼굴 볼 시간도 거의 없어요. 그래서 차 정도는 함께 마셔야겠다 싶어서."

"그렇구나. 의사 선생님이면 장래가 창창하네."

자기가 먹고살 건 제 손으로 직접 벌어야 하는 가호는 새삼 하즈키와 자신의 차이를 절감한다.

"그렇다면 굳이 회사 다닐 필요 없을 수도 있겠네요."

"부럽다"라고 가호가 말하자, 멋쩍어서 그런 건지 하즈키가 스마트폰의 메모 앱에 눈을 떨군다.

"페트병은 미리 준비해서 차갑게 해두면 되는 거군요."

"맞아요. 찬 걸 싫어하시는 분도 있으니까 그 경우엔 실온에 두었던 거를 드리거나. 따뜻한 건 여기에."

냉장고 옆에 놓인 상자형 가전을 손으로 가리킨다. 캠핑 같은 데 들고 다니는 아이스박스를 세워놓은 형태의 보냉고는 냉장뿐 아니라 보온 기능도 있다.

"사카구치 부장님과 미사와상회의 미사와 회장님이 따

뜻한 차, 사에구사 씨가 실온, 이군요."

가호는 추가로 몇몇 직원과 자주 방문하는 거래처명과 차 취향을 전달한다.

"옛날 아저씨들이라 차는 따뜻해야 한다는 편견이 있어. 페트병 차인데 맛까지 운운하는 건 웃기지만."

주요 고객은 정해져 있다. 가끔 예정에 없는 손님이 오실 때도 있지만 그 경우엔 차가운 차를 내면 특별히 문제될 건 없다. 새삼 이렇게 설명하고 나니 더더욱 자신이 하는 일이 하찮게 느껴진다.

"거래처 사람들 중엔 차에 입도 안 대고 그냥 가시는 분도 있지만 일단 내놓은 건 폐기."

"대접받은 당사자가 들고 가는 게 가장 좋을 텐데요."

진지한 표정이 하즈키의 얼굴에 번진다.

"맞아요. 그래서 자리에서 일어설 때라도 알려주면 좋을 텐데 사장님이나 전무님은 거기까지 신경을 못 쓰시니까."

가호는 피곤한 듯 웃었다.

테이블에 두 개의 페트병을 대각선 방향으로 하나씩 올려두고 회의실에서 나오자 마침 출입구로 손님이 들어왔다. 사장이 직접 마중하고 함께 회의실로 향하는데 지나갈 때 가벼운 목례 정도로 인사를 했다. 옆을 보니 하즈키가 90도 정도까지 숙였던 허리를 펴고 있었다.

"저분이 센트럴전기의 영업자분이시죠?"

밖에서도 회의실의 모습이 창문 너머로 보인다. 두 사람이 앉는 걸 확인하고 가호와 하즈키도 각자의 자리로 돌아갔다. 이제 회의가 끝나길 기다렸다가 페트병을 회수하고 테이블을 닦으면 끝이다. 기다리는 동안에 할 수 있는 일이 없을까 하고 진행했던 전표 정리도 사무용품 보충도 끝이 나고 말았다. 회의실의 상황을 살피면서 시간도 때울 겸 전기 스위치의 플레이트를 알코올 티슈로 닦는 등 이런저런 잡일을 한다. 하즈키도 한동안 자리에서 PC를 만지작거렸지만 시간이 남는지 사무실 밖으로 잠시 나갔다 들어오거나 스마트폰에 메모한 내용을 확인하거나 하고 있다.

30분쯤 지났을 때 다시 회의실 문이 열렸다. 미팅을 마친 두 사람이 출입구로 향하는 걸 보며 곧장 정리에 들어간다. 사장님 쪽에 놓여 있던 병은 거의 비어 있었지만 고객 쪽은 뚜껑도 따지 않은 채다. 가호의 등 뒤에서 하즈키가 "제가 다녀올게요"라고 말하자마자 고객의 페트병을 들고 신속히 출입구 쪽으로 향했다. 펄 화이트의 펌프스가

탁탁탁 경쾌한 소리를 냈다.

어디로 가나 궁금해서 하즈키의 뒤를 따라가니, 엘리베이터가 오는 걸 기다리던 고객을 하즈키가 "기자키 님." 하고 불렀다.

센트럴전기에는 영업자가 몇 명 있는데 솔직히 가호도 이름까지 전부 파악하진 못했다. 하즈키는 그 이름을 어디서 알아냈을까. 기자키라 불린 그 손님이 뒤돌아보자 "괜찮으시면 이거 가져가서 드세요"라며 페트병을 건넸다.

"아니, 잠깐……."

가호가 제지하려고 하는데,

"아, 그래도 될까요? 실은 목이 무척 말랐거든요. 고마워요."

기자키가 미소를 지으며 그대로 엘리베이터 저쪽으로 사라졌다.

"폐기하는 게 줄어서 다행이에요."

뭔가 해냈다는 뿌듯함을 담아 이야기하는 하즈키에게 딱히 대꾸할 말도 없어서 가호는 애매하게 고개를 끄덕인다.

"센트럴전기는 환경 문제에 무척 신경 쓰는 기업 같아서요."

"그래요, 근데."

그렇게 말하면서 가호는 오랜 거래처인 센트럴전기가 어떤 회사인지 굳이 알려고도 하지 않았다는 사실을 깨닫는다.

"기자키 씨라고 했나? 이름을 어떻게 알았어요? 혹시 아는 사람?"

"아니요. 아까 경비분한테 여쭤보고 왔어요."

방문객은 건물에 들어설 때 경비실에서 회사명과 이름을 노트에 기록하게 돼 있다. 명함을 두고 가는 사람도 있다.

"일부러?"

"네. 조금이라도 손님들 이름을 기억하면 좋을 것 같아서요."

단순한 차 심부름이다. 아무도 거기까지 요구하지 않는다. 잘해냈다고 뿌듯해하는 하즈키에게 가호는 그런 말까진 하지 못했다.

도쿄는 사람이 많다. 재택근무가 많다고 해도 출근하는 날도 있다. 열차를 갈아타는 일이 여전히 익숙해지지 않는다. 하즈키는 역 개찰구를 빠져나와 스마트폰을 꺼냈다. 버스 시간을 체크하고 있으니 바로 옆으로 급한 발걸음의 회사원이 지나가는데 그가 들고 있던 가방에 부딪혀 몸이 휘청거렸다.

"죄송합니다"라며 하즈키가 고개를 숙였을 때는 이미 그 사람은 저만치 앞서 걸어가고 있었다. 한숨을 내쉬면서 사람이 별로 없는 자판기 옆으로 자리를 옮겼다. 13분 늦게 도착한 버스 안은 한산했다. 하즈키는 중간쯤의 2인석 자리에 앉았다. 창밖으로 보이는 풍경은 마치 테마파크에 있는 듯 휘황찬란하다. 시골에서 살았던 건 아니지만 그래도 도쿄와는 비교가 안 된다. 흘러가는 밝은 네온사인을 바라보다 자기도 모르게 눈을 감았다.

하즈키가 탄 곳에서 세 정거장 지나 한 여성이 탔다. 어깨까지 오는 검은 머리는 약간 어두침침한 버스 안에서도 알아볼 수 있을 정도로 윤기가 난다. 랩원피스 자락이 작은 체구의 발 언저리에서 살랑살랑 흔들린다. 선명한 핑크색 원피스가 그녀의 귀여운 분위기와 잘 어울린다. 아마도 하즈키가 입었으면 품위 없어 보였을 것이다. 가슴 주위의 목걸이는 심플하면서 고급스러운 분위기가 도드라진다.

옆을 지나칠 때 살짝 눈이 마주쳤다. 자연스러운 화장은 투명한 피부를 더욱 돋보이게 한다. 순간 파운데이션과 컨실러를 두텁게 바른 자신의 피부가 숨 막혀 힘들어한다는 느낌이 든다. 남자들이 좋아할 만한 패션에 대해선 잘 알고 있다. 특히 지금의 직장에는 나이 많은 아저씨들이 많다. 필연적으로 전형적인 여직원의 자세와 이미지가 요구된다.

"사카키 씨는 여우 같아."

직접 얼굴에 대고 아무 이유 없이 삐딱하게 말하거나 질투하는 사람들을 수없이 겪어봤다. 그런 건 익숙하다. 하지만 아무리 성과를 내도 "예쁘니까 뭘 해도 통하네"로 끝이다. 뭔가 의견을 내도 "그래요, 일단 사카키 씨는 존재 자체로 충분하니까"라고 한다. 의견은 온데간데 사라진다. 요구받는 건 노력이 아니다.

"너무 마른 거 아니야? 좀 더 먹어야지."

선배랍시고 쓸데없이 참견하는 사람도 있다. 먹어도 살이 안 찌는 체질이라고 하면 속으로 더 욕을 하겠지. 얼굴에 세팅해놓은 미소를 보이며 참고 견딜 수밖에 없다. 지금까지 계속 장식품 역할밖에 주어지지 않았다. 같은 나이의 사회인이라면 당연히 갖고 있을 만한 스킬을 하즈키는 갖추지 못했다. 자신의 존재가치는 뭘까? 살아가는 의미를 묻지 않을 수 없다.

몇 개의 정류장을 지나는 사이 버스 안도 점점 혼잡해졌다. 버스에 탄 중년 남자가 하즈키의 얼굴을 힐끔 보고 가슴 근처로 가져갔던 눈길을 당황해하며 급히 다른 데로 돌린다. 대각선 방향의 뒷좌석에 앉았다. 아까 버스에 탄 몸집 작은 여성의 옆자리다.

다음 정류장에서는 엄마와 아기가 함께 탔는데 마침 건너편의 사람이 내리자 그 자리에 앉았다. 자리에 앉자마자 엄마 무릎에 앉아 있던 아기가 떠드는 소리가 들려왔다. 보니 아기는 몸집이 작은 여성에게 애교를 부리고 있다. 그녀도 웃는 얼굴로 손을 흔들고 있었다. 아이들은 본질을 꿰뚫어 보는 능력이 있다. 그 짧은 시간에 금세 친근감을 느낀다. 순식간에 이 사람은 좋은 사람이다, 하고 인식하는 것이다. 이토록 쉽게 사람을 끌어당기는 능력 같은 게 하즈키에겐 없다.

'호감형.'

그런 말을 들어보고 싶지만 자신과는 인연이 없는 단어다. 하즈키의 옆자리는 폭탄이라도 설치된 듯 언제까지나 비어 있는 채다. 파마 때문에 상한 머리끝을 살짝 만졌다.

현관문을 여는데 다리가 꼬였다. 넘어질 것 같아서 급하게 손을 짚었다. 발을 흔들며 펌프스를 벗어 던졌다. 펄 화이트의 펌프스가 옆으로 누운 채 바로 코앞에 떨어졌다. 양쪽 새끼발가락이 붉게 부어오른 게 스타킹 너머로도 보였다.

동거 중인 하타세 가즈야는 야근이라 늦게 온다. 하즈키는 무릎걸음으로 집 안에 들어가 욕실에서 스타킹을 벗었다. 장딴지 부근의 올이 풀린 걸 발견하고 나니 도대체 언제 풀린 건지 불안해진다. 타올 천으로 된 탱크톱과 쇼트팬츠로 갈아입고 어깨로 숨을 몰아쉬었다.

전기포트의 스위치를 켜고 거실 선반에서 연갈색 상자를 꺼낸다. 타원형 원목 상자의 뚜껑을 열고 안에서 찻주전자와 차통, 백자로 된 찻잔을 꺼냈다. 대학 졸업 후 바로 배치된 사무실에서는 출근하면 전 직원의 차를 준비하는 게 신입의 업무였다. 제한된 예산 안에서 찻잎을 고르고 물 온도를 잘 조절해 제대로 된 맛을 내려면 나름의 경험과 센스가 필요하다. 차를 잘 내리고 싶어서 강좌 등록을 하고 주말마다 강의를 들은 적도 있다. 소질이 있다는 강사의 칭찬에 자신감도 생겼다. 하지만 지금은 이 기술이 그다지 필요가 없다. 지금까지 신경 쓰며 애써온 일이 아무 의미가 없다는 평가를 받은 것 같아 허무하다.

"그렇다면 굳이 회사 다닐 필요 없을 수도 있겠네요."

탕비실에서 가호에게 들은 말이 머릿속을 맴돈다. 굳이 회사 다닐 필요 없다. 동거 중인 가즈야도 부모님도 그렇게 말했다. 이런 일…… 아직도……. 자신이 진지하게 하는 일은 '이런 일'로 정리되어 버린다. 구태여 하지 않아도 누구 하나 곤란해질 것 없는, 하찮은 일인 건가.

멍 때리다 보니 찻잔에 부어놓은 온수가 완전히 식어버렸다. 잎차를 우릴 땐 뜨거운 물을 어느 정도 식힌 다음에 넣어야 풍미가 살아나 맛이 있다. 하지만 너무 식으면 안 된다. 하즈키는 차가워진 물을 버리고 다시 포트에서 뜨거운 물을 부었다.

그날은 아침부터 정신이 없었다. 가호가 복사한 자료 20부를 스테이플러로 고정하고 있는데 하나나카로부터 추가 의뢰가 들어왔다.

"미안, 이것도 부탁할 수 있을까? 17쪽 뒤에 넣어주면 좋겠는데."

이미 거의 모든 자료 정리를 마친 상태였다. 일단 스테이플러 심을 빼고 추가 자료를 끼워 넣어 다시 정리한다. 일이 몇 배로 늘었다. 한숨을 쉬면서 속도를 높인다. 회의 시간까지 별로 안 남았다. 옆자리를 보니 하즈키가 심 빼는 도구를 이용해 스테이플러 심을 공들여 빼고 있다.

"사카키 씨, 좀 서두를 수 없을까."

가호의 목소리가 자연스럽게 까칠해졌다.

시계를 힐끔거리며 "저기, 그렇게 천천히 하지 말고 이렇게 한 번에 빼달라고."

가호는 하즈키의 자료 더미에서 일부를 가져다가 갖고 있던 스테이플러 끝의 돌출부를 심이 찍힌 자리에 끼워 넣는다. 지렛대 원리를 이용해 앞으로 당기면 은색의 심이 벌레처럼 튀어나와 하즈키의 손 쪽으로 떨어졌다.

"죄송합니다."

기어들어 가는 듯한 목소리가 한층 더 가호의 화를 돋우었다.

"여긴 됐으니까 사카키 씨는 차 좀 내줄래요? 자리 배치는 이거."

회의 좌석표를 건네자 하즈키는 자신의 스마트폰을 꺼내 메모한 것을 보면서 좌석표에 뭔가를 옮겨적고 있다.

여전히 엉덩이를 떼지 않고 있는 모습이 신경 쓰여 "저기, 뭐 해요?"라고 물으며 하즈키 쪽을 쳐다보니 색깔 펜으로 동그라미를 치고 있다.

"따뜻한 차를 드시는 분과 실온의 차를 드시는 분이 헷갈리지 않게 하려고요."

"그건 내가 알고 있으니까."

더 이상 참지 못하고 자리에서 일어섰다.

준비에 시간이 많이 걸려서 회의 시간에 못 맞추는 건 아닌가 가호는 걱정스러웠지만 다행히 회의는 정체 없이 제시간에 끝났다. 자료도 그럭저럭 정리할 수 있었다. 하나나카가 고맙다며 과자까지 건네주었다. 맛있어 보이는 과자를 보니 오랜만에 호사를 누리고 싶어졌다. 회의실 정리가 끝나면 역 맞은편에 생긴 커피전문점에서 커피를 테이크아웃을 해야겠다고 생각하면서 하즈키와 함께 페트병을 회수하러 갔다.

"아니, 이거?"

한 병이 개봉되지 않은 채로 있었다. 아직 차갑다. 화이트보드가 있는 곳에서 대각선 왼쪽은 직원들 자리다. 거래처 직원이라면 모를까, 회사 직원인데 개봉조차 안 한 건 매우 드문 일이다.

“거긴 사카구치 부장님 자리네요.”

주머니에서 꺼낸 좌석표를 체크하던 하즈키가 말한다.

“사카구치 부장님? 찬 음료를 드렸네.”

오늘은 요즘 날씨치곤 더웠다. 변명이 될 순 없겠지만 깜빡하고 말았다. 평소엔 신경 썼는데 회의 시작 전의 자료 정리 때문에 서둘렀던 탓이다. 그렇지만 어차피 취향의 문제다. 차가운 걸 싫어하면 이렇게 입을 안 대면 되는 것이다.

그렇게 생각을 고쳐먹고 있는데,

“사카구치 부장님은 지병이 있으셔서 찬 음료는 안 드시나 봐요.”

비어 있는 페트병의 필름을 한 장 한 장 벗기면서 하즈키가 말했다. 가호의 머릿속에서 유치원 때 선생님이 했던 말이 스쳐 지나갔다.

“가호는요, 늘 만들기 시간에 제일 빨리 끝내요. 그런데 풀칠한 게 떨어지거나 가위질이 말끔하게 안 돼 있거나 그래요.”

굼뜬 동작으로 작품을 만들고 있는 친구들을 속으로 바보 취급하고 비웃으면서, 정작 자신은 우월감에 젖은 채 풀칠도 제대로 안 한 작품을 제출했던 어릴 때 모습을 떠올린다. 하즈키는 틀림없이 늦더라도 풀칠이 제대로 된 작품을 제출했을 것이다. 서두르느라 실수를 저지르는 자신과 달리. 다시 풀칠한 게 떨어져버렸구나, 하는 생각에 가호는 울적해진다.

삼세번이라는 말도 있지만 이게 도대체 몇 번째 도전일까요. 소로리의 오믈렛 만들기도 이제 제발 성공하면 좋겠네요.

"한 개, 두 개, 세 개……."

소로리는 소리 내어 숫자를 세면서 달걀을 깨고 있습니다. 이렇게까지 진지한 이유는 더 이상 실패할 수 없다는 압박감 때문일까요.

"세 개, 네 개……."

헐, 두 번이나 세 개라고 했는데 괜찮을까요.

"아, 틀렸다."

달걀 껍질 개수를 확인하고나서야 겨우 알아차렸습니다. 다행이네요. 그나저나 도대체 달걀을 몇 개나 쓰는 걸까요.

제시간에 회사에서 나오긴 했지만 가호는 그대로 집에 돌아가고 싶지 않았다.

"이 시간인데도 이렇게 밝구나."

시간의 흐름에 아연실색한다. 이런 날은 에리나의 저녁 초대가 그립다는 생각이 들다가 그녀는 이제 회사에 없다는 사실을 떠올리니 기운이 빠진다. 어쩔 수 없이 혼자서 역 맞은편으로 건너간다. 퇴사 전에 둘이 저녁을 먹던 날이 생각나고 이어서 언덕 위에 1인 전용 카페가 있었던 게 떠올랐다. 그때는 에리나와 둘이라서 들르지 못했지만 오늘은 명명백백 혼자다. 가호는 언덕길을 올라가 옆 골목으로 들어갔다.

조금 걸어가니 기억대로 그 장소에 간판이 나와 있었다. 음료와 가벼운 식사 그리고 엽서 크기의 카드에 흘려 쓴 필체로 '달걀 4개 오믈렛'을 추천 메뉴라고 적어놓은 것도 똑같다. 다만, 자세히 보니 메뉴 이름을 미묘하게 고쳐서 적어놓았다. '달걀 4개'의 '4'에 가위표를 하고 그 위에 '8'

로 수정했다. 거기에 작게 '그대만의' '정답' 두 단어를 덧붙여 놓았다.

'(그대만의) 달걀 8개 오믈렛 (정답)'

소리 내어 읽어봐도 의미를 알 수 없다. 잠시 그 자리에서 고개를 갸웃거렸지만 오믈렛이라는 단어에 이미 배 속에서 반응을 보이고 있다.

가호는 간판의 화살표가 가리키는 방향으로 발걸음을 옮겼다. 골목길을 걸어가니 아담한 마당이 나타나고 그 안쪽에 낡은 단독주택이 서 있었다. 마당 주변에 울창한 나무들이 무성하게 늘어선 풍경이 마치 숲속에 있는 것 같았다. 갑자기 초현실적인 공간에 빨려 들어온 듯 당황스러웠지만 그보다 궁금증이 더 컸다. 문에 달려 있는 놋쇠 손잡이를 곧장 끌어당겼다.

"어서 오세요. 카페 도도에 오신 걸 환영합니다."

맞이해준 사람은 키가 훤칠한 남자다. 가호보다 조금 나이가 많은 듯하다. 머리가 덥수룩하고 검은 테 안경 너머로 낯을 가리는 듯한 수줍은 눈웃음을 띠고 있다. 양손은 주머니에 넣은 채 "앉으세요"라고 낮은 목소리로 말했다.

다른 손님은 보이지 않는다. 안내받은 대로 카운터 의자에 앉는다. 낡은 목재를 페인트칠한 가게 안은 약간 어둡고 여기저기 촛불이 켜져 있다. 카운터 안쪽이 부엌으로 쓰이는 듯 식기와 냄비가 줄지어 놓여 있다. 청결해 보이고 물건들이 가지런히 놓여 있는데도 불구하고 어딘가 뒤죽박죽한 느낌이 드는 것은 여기저기 나무로 만든 장난감과 캐릭터 같은 잡화들을 장식해 놓아서일 것이다.

뭔가와 눈이 마주친 느낌이 들어 쳐다보니 부엌 기둥에 작은 그림 액자가 걸려 있었다. 짧은 다리에 작고 동그란 머리를 가진 새는 이 가게의 이름이기도 한 도도새다. 사랑스러운 도도의 표정을 살피다 자기도 모르게 미소를 보내고 말았다.

"이 도도새는 손님이 그려주셨는데요, 우리 가게 아이콘이에요."

덥수룩한 머리칼의 남자는 가호의 시선을 알아차리고 도도에 대해 설명하면서 가슴을 활짝 편다.

"귀여워요"라고 가호가 중얼거리자 남자는 마치 자신이 칭찬받은 것처럼 검은 테 안경 너머로 눈웃음을 지어 보였다.

"사장님이세요?"

가호가 물었다.

"네. 소로리라고 합니다. 애칭이지만요."

그러면서 안경을 바짝 끌어 올렸다. 재미있는 애칭이다. 느릿느릿 조심스럽고 차분한 이미지와 가게의 분위기가 잘 어울린다. 역시 들어오길 잘했다는 생각이 들었다.

"밖에 있는 간판을 봤는데요."

"아 네, 정답 오믈렛 말씀이시죠. 미리 만들어뒀는데 드시겠습니까?"

오믈렛이라고 하길래 그 자리에서 바로 요리하는 걸 상상했건만 조금 실망스럽다. 하지만 눈앞에 놓인 걸 보고 탄성을 지르고 말았다.

"와, 스페인풍 오믈렛이다!"

쇼트케이크처럼 삼각형으로 잘라놓은 오믈렛이 하얀 접시에 놓여 있었다. 옆에 있는 포크와 나이프를 이용해 한입 크기로 잘라 입으로 가져간다. 따끈따끈한 감자와 두터운 베이컨이 가득 들어 있다. 캐러멜색 양파가 달큰하니 입 안에서 녹는다. 치즈도 잔뜩 들어 있어서 맛이 농밀하고 계란은 수플레처럼 폭신폭신하다.

순식간에 먹어 치운 뒤 "근데, 뭐였죠? 메뉴 이름이?"라고 새삼스럽게 물어보고 말았다.

"정답 오믈렛입니다."

"그러니까, 달걀을 8개나 사용했다고 하셨나요?"

"맞아요. 달걀 8개. 그것도 노른자만 써서요. 이 프라이팬으로."

소로리는 몸을 돌려서 스킬렛 같은 작은 프라이팬을 보여준다. 그 프라이팬으로 동그란 오믈렛을 만든 다음 조각으로 잘랐을 것이다.

"8개. 많네요."

한 번에 쉽게 쓸 만한 양은 아니다. 이 정도 사이즈의 프라이팬이면 달걀 한두 개만 가지고도 평범한 오믈렛을 만들 수 있을 것 같다.

"아주아주 여러 번 도전한 거예요. 실패를 거듭하면서요. 그러다 결국 이 레시피로 성공한 겁니다. 그래서 정답 오믈렛입니다."

아주아주 여러 번, 이라는 부분에서 그는 슬픈 표정으로 고개를 떨구었다. 그러고 나서 메뉴 이름의 의미를 알려주었다. 조율을 거듭하다 최종적으로 레시피에 나온 달걀 수대로 만들었다고 한다.

"그러셨군요."

실패를 거듭해도 배우지 못하는 자신과 달리 몇 번이나 도전하는 자세에 감동한다. 가호는 결과를 당장 보고 싶은 나머지 서두르다 결국 실수를 하는 자신의 모습을 돌아본다.

“저는 성격이 급해서 당장 목표지점에 도달하고 싶어지거든요. 그래서 항상 풀칠한 자리가 떨어져버려요.”

“풀이요?”

갑자기 나온 단어를 소로리는 이해하지 못할 것이다. 가호는 유치원 시절 교사에게 들은 말과 어제 회의실에서 있었던 일을 이야기한다.

“다섯 살 아이의 성격을 꿰뚫어 본다니 어떤 천리안을 가지면 가능할까요.”

소로리가 의외의 대목에서 깜짝 놀란다.

“듣고 보니 그렇네요. 하지만 세 살 버릇 여든까지 간다고 하잖아요. 성격은 변하지 않는 것 같아요.”

“저도 그래요. 쭉 낯을 가리니까요.”

그런데도 사람 대하는 직업을 선택한 게 특이하다고들 해요, 라며 웃는다.

“그러고 보니 유치원에서 이런 일도 있었어요.”

그날은 지점토로 탈을 만드는 수업이었다. 누구의 얼굴을 소재로 할지는 자유였다. 부모님 얼굴이나 애니메이션 캐릭터, 공룡의 머리 부분을 만드는 아이도 있었다. 가호는 함께 등원하던 같은 반 친구의 얼굴을 소재로 탈을 만들려고 생각하고 있었다.

짧은 머리의 그 아이처럼 머리 형태를 만들고 짙게 뻗은 눈썹을 얹었다. 생각한 대로 잘 진행되고 있었다. 아직 지점토 반죽을 하는 아이도 있는데 가호는 속도를 높여 막 색칠을 하려고 팔레트에 물감을 짰을 때였다. 교실을 둘러보던 교사가 가호 앞에 섰다.

"와, 속도가 빠르네. 가호는 뭘 만들고 있을까?"

친구 이름을 말하려고 할 때였다.

"알겠다. 원숭이구나? 잘 만들었네."

"네. 맞아요."

가호는 당황해서 짜낸 물감 위에 빨간색 물감을 더 짜내어 얼굴색을 새빨갛게 칠했다. 머리카락도 눈썹도 음산할 정도로 시뻘겋게 물들었다. 완성한 탈은 원숭이라기보다 도깨비 같았다.

"아니라고 말하지 못했거든요."

하나하나 차분히 만들었더라면 눈썹도 그토록 두꺼워지지 않았을 것이다. 작은 입술의 귀여운 친구 얼굴을 제대로 표현할 수 있었을 것이다.

괴로운 추억에 빠져들고 있으니,

"자, 이거요."

소로리가 비닐봉지에 들어 있는 뽀얀 물건을 건네준다. 순간 하얀색 곤약인 줄 알고 눈을 의심했지만 받고 보니 차가운 젤리처럼 물컹하다.

"뭐예요?"

"풀이에요."

확실히 겉 포장지에 그렇게 표기돼 있다. 세탁용 풀이다.

"아까 말씀하셨잖아요. 풀칠한 게 떨어졌다고. 이걸로 마음속의 떨어진 부분들을 이어 붙이면 어떨까요."

자랑스러운 듯 가슴을 활짝 펴는 소로리의 얼굴이 사뭇 진지하다.

"풀칠한 게 떨어졌다면 나중에 다시 붙이면 되니까요."

그야 그럴지 모른다. 하지만 처음부터 공들여 완성한 작품과 나중에 수정한 것과는 완성도가 다른 것처럼 느껴진다. 효율적이고 요령 있게 대처한 것 같아도 짜깁기한 이상 결코 완벽한 결과물이 될 수 없지 않겠느냐고 가호가 묻는다.

"이 오믈렛은 몇 번이고 다시 만들었기 때문에 맛있게 완성된 건데요."

소로리는 제대로 구워낸 것이 무척 기쁜 표정이다.

"처음부터 레시피대로 했다면 잘됐을 거잖아요?"

가호는 자기도 모르게 조금 심술궂게 말하고 만다.

"아니요. 몇 번이고 저 나름대로 만들어봤기 때문에 여기에 도달한 겁니다. 자기 페이스와 기준이라는 건 좀처럼 바꾸기 쉽지 않거든요."

달걀 8개를 넣는다는 건 처음부터 도전하기 어렵다. 그래서 자기만의 기준을 가지고 시행착오를 거듭한 결과 레시피가 정확하다는 걸 알게 됐다. 게다가 레시피에는 달걀 전체라고 나와 있지만 미세하게 조정을 하다 보니 더 맛있게 만들기 위해서는 노른자만 사용한다는 결론이 도출되었다고 한다.

"그래서 이 정답 오믈렛은 저만의 정답 레시피인 겁니다. 손님만의 정답은 무엇일까요? '노른자 알맹이 같은 정답' 말입니다."

덥수룩한 머리칼의 카페 주인은 얼굴 가득 함박웃음을 지어 보인다. 나름 생각해냈을 유머에서 장난기가 느껴진다.

"자기만의 페이스와 기준이군요. 저는 너무 서둘러서 탈이에요."

"얘는 너무 굼떠서 문제였지요."

그렇게 말하면서 주인이 도도새 액자에 따스한 시선을

보낸다. 이 날지 못하는 새는 발이 너무 느려서 알과 새끼까지 잡아먹히고 결국 멸종하고 말았다. 일러스트를 바라보면서 가호는 자기만의 정답은 무엇일까 이런저런 생각을 해본다.

"그리고 아무리 땜질하는 일이라고 해도 그때그때 상황에 맞춰 일을 처리할 수 있는 능력은 아무나 가지고 있는 게 아니죠."

물론 가능한 한 실수하지 않도록 신경을 쓰고 싶다. 하지만 아무리 애써도 그렇게 돼버린 일에 자신을 책망해봤자 소용이 없다. 풀은 몇 번이든 다시 붙이면 되는 거니까.

"그럼, 이건 부디."

돌아가려는데 다시 비닐봉지에 들어 있는 풀을 주인이 건넨다. 만반의 준비를 마치고 건넬 타이밍을 기다린 듯한 주인의 모습을 보니 미안한 마음이 든다. 가호는 "아니오, 괜찮습니다"라며 눈앞에서 손을 좌우로 흔든다.

"이 풀, 아주 좋은 거예요. 천연 펄프를 사용해서 사용 후엔 천이 부드러워집니다. 손이 상할 염려도 없고 찬물에 써도 괜찮아요."

소로리가 설명을 들려준다.

"거기다 풀은 마를 때까지 시간이 걸리니까요. 천천히

차분하게, 그 자체예요."

그러면서 함박웃음을 지어 보인다. 천천히 차분하게. 가호는 그 말을 마음속으로 반복했다.

"실은 가게에서 쓰려고 산 건데요, 우리 가게의 리넨 천들은 많이 빨아서 이미 보들보들하거든요. 달리 쓸 데가 없어요."

소로리가 머리를 긁적였다.

하즈키가 싱크대를 닦던 손을 멈추고 탕비실의 시계를 올려다보니 바늘은 오전 열 시를 가리키고 있었다. 오늘은 아침 일곱 시에 출근했다. 다른 직원들이 사용하기 전에 집중해서 청소를 마치고 싶었기 때문이다. 고작 공유 공간을 청소하는 데 세 시간 가까이 써버린 자신에게 화가 난다. 이제 마무리를 지어야겠다, 하고 서두르는데 등 뒤에서 목소리가 들려서 깜짝 놀랐다.

"와, 반짝반짝하네."

가호가 눈을 동그랗게 뜨고 탕비실 입구에 서 있다.

"얼마나 한 거예요?"

깜짝 놀란 듯한 시선을 따라가니 수세미를 잡은 손이 빨개져 있었다. 하즈키는 당황해서 등 뒤로 양손을 감추었다.

"죄송합니다. 이런 일에 시간을 너무 오래 쓰고 말았어요."

안절부절못한 채 고개를 숙인 하즈키에게 생각지 못한 말이 건네졌다.

"그렇지 않아요. 세심하게 정성을 쏟은 결과물이잖아요. 탕비실 전체가 밝아져서 조명을 바꿨나 했을 정도야."

가호가 눈이 부신 듯 눈을 가늘게 뜨며 미소를 지어 보였다. 싱크대 옆 작업대의 물통 안에 행주가 둥둥 떠 있다.

"행주를 표백했거든요. 지금은 마무리 작업으로 풀을 먹이고 있어요."

칭찬을 받은 게 부끄럽다. 본가에서 지내던 시절부터 애용하는 세탁용 풀의 봉지를 닫고 있는데 가호의 목소리가 한 톤 올라갔다.

"어, 나도 이 풀 알아요. 쓰고 나면 천이 부드러워진다고 하던데."

"네, 천연 소재라서 손이 상할 염려도 없고……."

얼떨결에 말을 너무 많이 해버렸다. 그런 하즈키를 보며 고개를 끄덕이던 가호가 양손을 합장하듯 앞으로 탁 모은다.

"앞으로 고객 응대는 사카키 씨에게 부탁해도 될까요? 나보다 훨씬 꼼꼼하게 잘하니까 손님들도 안심할 수 있다고 생각하는데."

"아, 제가 맡아도 될까요?"

보조 역할은 앞으로도 계속 변함이 없을 거라 생각하고 있었다. 그런 만큼 인정받은 게 기뻐서 자기도 모르게 눈물이 찔끔 나오고 말았다.

"탕비실이 깨끗해지고 손님들이 기분 좋게 일을 보고 돌아가시면 직원들도 더 일하기 편해지고, 결과적으로 좋은 성과를 낼 수 있게 된다면 우리 일도 헛된 건 아니죠."

그렇게 말하는 가호의 얼굴도 밝게 미소 짓고 있다. 이런 일……이라고 생각하지 않아도 된다. 하즈키는 풀 먹인 행주를 개수대에서 천천히 건져 올린 다음 가볍게 짜서 널었다. 오후에는 완전히 말라 있을 것이다. 말끔히 정돈된 탕비실을 둘러보았다.

가호가 회사에 도착하니 하즈키의 자리에 가방은 놓여 있는데 사람은 보이지 않는다. 복도를 걷는데 탕비실에서 물소리가 들려왔다. 하즈키가 싱크대를 닦고 있었다.

"와, 반짝반짝하네."

이마에 희미하게 땀이 맺혀 있다. 힘주어 빡빡 문지르고 있었을 것이다. 물을 오래 써서 손이 빨개져 있다. 듣자니 세 시간 가까이 일했다고 한다. 덕분에 싱크대뿐 아니라 탕비실 전체가 묵은 때를 벗은 것 같다.

하즈키의 경우엔 이렇게 시간을 들였을 때 결과를 내는 쪽이다. 일은 타임 퍼포먼스가 중요하다고 생각하고 있었다. 하지만 그게 전부는 아니다. 그 사실을 하즈키가 일하는 모습을 보면서 배웠다는 생각이 들었다. 싱크대 옆에 낯익은 비닐봉지가 놓여 있었다. 카페 도도에 있던 것과 같은 세탁용 풀이다. 가호는 그날 숲속 카페에서 들었던 말을 마음속으로 반복한다.

풀은 천천히 차분하게.

"앞으로 고객 응대는 사카키 씨에게 부탁해도 될까요?"

꼼꼼하게 화장한 속눈썹이 눈을 깜빡임과 동시에 위로 향했다. 눈에서 빛나는 게 보였다.

페이스는 사람마다 다르다. 자기 페이스를 유지한 결과 도도는 멸종하고 말았다. 어쩔 수 없는 일도 있는 것이다. 하지만 돌이킬 수 있는 일이라면 풀칠을 다시 해서 제자리로 돌려놓자. 가호는 그날 카페에서 건네받았던 세탁용 풀의 물컹한 촉감을 떠올리면서 이런저런 것들을 생각하고 있었다. 경비 정산 마감일이 다가온다. 할 수 있는 것들은 미리 준비해놓자. 가호는 자기 자리로 향했다.

* 2장 *
상처받지
않도록
오이
포타주

cafe dodo

묘지 앞에서 독경하는 스님의 가사 밖으로 비치는 하얀 옷을 보면서 아무리 여름용이라고 해도 여러 장 겹쳐 입으면 더울 텐데, 라고 미시마 가즈키는 생각하고 있었다. 사십구재는 실제 날짜보다 일찍 지내는 게 좋다고 해서 조율하다 보니 생각보다 이른 시점에 법회가 열리게 되었다. 원래는 친척들에게도 알려서 모셔야 했지만 상황을 감안해 엄마와 가즈키 둘이서만 지내게 됐다. 매미조차 울기를 주저할 정도의 더운 날씨다. 아버지는 더위를 많이 탔다. 엄마 손에 안긴 영정 속의 미소도 어딘가 모르게 어색해 보인다.

대학 입학과 더불어 시작한 도쿄살이도 벌써 20년이다. 자유로운 생활에 완전히 익숙해져서 1년에 손에 꼽을 정도만 집에 오곤 했다. 가끔 고향에 돌아오면 그때마다 하늘이 너무 푸르러서 깜짝 놀란다. 한여름에도 습도가 낮아서 기온만큼 덥게 느껴지지 않는다. 다만 공기가 맑아서인지 햇살이 강렬하다. 가즈키는 뜨겁게 내리쬐는 태양을 가리듯 오른손으로 이마 위를 받쳤다.

실내 에어컨이 너무 세서 잠시 밖에 나와 있어도 기분이 좋을 정도였지만 역시 땀은 줄줄 흘렀다. 경내에 있는 묘에 탑파(고인의 비석 뒤에 세우는 불탑 모양의 긴 나무막대기-옮긴이)를 세우는 것만 하면 되니 금방 돌아올 거라 여기고 핸드백은 엄마 차에 놔둔 채였다. 이마의 땀을 닦을 손수건도 티슈도 없다.

이걸 어쩌지. 가즈키가 그렇게 생각한 순간 그때까지 관자놀이 언저리에 멈춰 있던 땀이 뺨까지 쭉 흘러내렸다. 어쩔 수 없이 오른손 검지 끝으로 살짝 땀을 닦았다. 손가락 안쪽에 작게 물방울이 맺혔다. 이로써 다시 당분간 가려움과 물집과의 전쟁을 치르게 되었다. 그래서 여름이 싫다.

아버지가 하늘나라로 떠난 것은 흐릿한 장마철의 쌀쌀

한 아침이었다. 그때부터 불과 한 달여밖에 지나지 않았다는 게 믿기지 않는다. 그만큼 농밀한 시간이었다. 밤샘과 장례는 부슬부슬 내리는 빗속에서 치러졌다. 장례식에서 상주 가족은 조문 오시는 분들께 가능한 한 감사의 마음을 전달하는 역할에 정성을 다한다. 그것이 고인의 뜻이기도 하니까.

"15시부터 쇼진오토시(고인에게 공양을 올린 후 스님과 유족, 친지가 함께 식사하는 것-옮긴이)가 시작되니 미리 말씀드립니다."

화장장에서 장례식장으로 돌아오는 버스 안에서 가즈키가 조문객들에게 알린다. 그러고 나서 '택시 예약도 해 놓아야겠구나'라고, 그다음 할 일을 마음속으로 확인한다. 상주로서 경황이 없는 엄마를 대신해 도시락 주문과 승합버스 안내 등 가즈키가 할 수 있는 범위에서 여러 일들을 처리했다. 그러는 동안 슬픔으로부터 도망칠 수 있었다. 이런 일련의 의식에는 나름의 의미가 있다는 걸 실감했다.

버스에서 내리니 장례식장 앞에 검은 원피스 차림의 여성이 우산을 들고 서 있었다.

"에리나."

동갑내기 사촌이 가즈키의 모습을 발견하고 고개를 숙

인다.

“미안해. 너무 늦게 왔지…….”

“이사하는 날이잖아?”

“우선 짐만 들어냈고 오늘 중으로 가면 돼. 비행기도 마지막 편 끊었어.”

결혼이 정해진 에리나가 신랑이 살고 있는 규슈의 오이타로 이사하게 되었다는 소식을 엄마에게 전해 들었다. 오늘은 원래 정해져 있던 이사 당일이라 장례식엔 참석하지 못할지도 모른다는 연락을 받았다. 고인에 대한 마음과 조문을 오고 안 오고는 별개의 문제다. 장례식에 참석하지 않아도 애도의 마음은 정확히 전달된다고 생각한다. 그럼에도 일부러 찾아주었다는 사실에 새삼 고마운 마음이 북받쳐 올라왔다.

“일부러 와줘서 고마워.”

진심을 담아 인사를 전했다.

장례식장 입구에서 다른 조문객과 이야기를 나누던 에리나의 어머니가 이쪽을 보고 다가왔다.

에리나의 어머니는 가즈키의 고모다. 고모는 아버지와 사이좋은 남매사이여서 어릴 때는 가족끼리 함께 자주 어울렸다. 야외활동을 좋아했던 아빠가 등산과 물놀이에 에리나도 데리고 다니곤 했다.

"네 도시락은 주문 안 했는데."

고모가 작은 목소리로 나무라듯 말한다.

"응. 인사만 드리고 바로 갈 거야."

그렇게 대답하며 차분하게 고개를 끄덕이는 에리나의 어깨에 가즈키가 손을 얹었다.

"바로 가긴! 일부러 여기까지 왔는데 비행기 시간까지 있다가 가, 꼭. 알았지?"

어린 시절부터 병치레가 잦았던 아버지와 결혼하는 걸, 엄마의 부모님은 무척 반대했다고 한다. 그런 주위의 걱정과 달리 가즈키가 태어난 것에 고무되었는지 아버지는 차츰 병으로 누워 지내는 날들이 줄어들었다. 가즈키의 기억 속 아버지는 야외활동을 좋아하는 스포츠맨이었기 때문에 그런 이야기를 들어도 곧이곧대로 믿기지 않았다.

하지만 가즈키가 열일곱 살이 지났을 무렵부터 아버지는 지병이 악화되어 입원과 퇴원을 반복했다. 그때마다 "이제 마지막일지도"라며 엄마는 고개를 떨구었고 그때마다 엄마의 기운을 북돋는 게 무남독녀인 가즈키의 역할이기도 했다. 몇 번이나 그런 일이 반복되었기 때문에 이번에 입원했을 때도 며칠이면 기운을 차리고 돌아올 거라고 믿고 있었다. 돌아가시기 일주일쯤 전에 엄마가 주치의와의 면담에서 며칠 안 남았다는 선고를 받았다고 했을 때는 "거짓말이지"라는 말이 무심결에 튀어나올 정도였다.

장례식장의 직원이 다다미방으로 안내해준다. 50명쯤 수용 가능한 크기의 방을 이번에 가즈키네 조문객 약 20명을 위해 준비해주었다. 조문객도 아주 가까운 친척으로 제한했다.

가즈키는 다다미방을 둘러보며 "한 사람 추가되었으니 제 몫은 저쪽에 주세요. 저 여자분입니다."

그렇게 직원에게 언질을 주고 입구에서 다른 친척들과 인사를 나누고 있는 에리나에게 다가갔다.

"에리나, 꼭 밥 먹고 가! 넉넉히 준비했어."

"어머, 얘 몫은 따로 주문 안 했잖아. 너 먹을 건 있고?"

고모가 걱정한다.

"저는 이래저래 정신도 없고요. 에리나가 있어 주면 아빠도 좋아하실 거예요."

가즈키는 웃는 얼굴로 말했을 텐데 목소리가 떨렸다. 그게 꽉 막고 있던 무언가를 건드렸는지 에리나가 왈칵 눈물을 쏟았다.

"외삼촌, 너무너무 좋은 분이었는데."

어린아이처럼 어깨를 들썩이며 엉엉 우는 에리나 옆에서 고모도 고개를 떨군다. 도대체 눈물의 재고는 얼마나 되는 걸까. 과하다 싶을 정도로 요 며칠 몇 번이나 흘린 눈물이건만 덩달아 가즈키도 다시 눈물을 쏟는다.

"응. 아빠도 에리나, 에리나, 하면서 네 얘기 많이 하셨어."

"그래. 맞다. 우리 집 양반은 여행을 안 좋아해서 대신 네 아빠가 여기저기 데리고 다녔지."

고모의 느릿한 목소리가 가즈키를 즐겁고 그리운 과거로 데리고 간다.

장례식장 제단에 올려놓은 영정 속 아버지의 모습을 보니 한순간 입 주변이 미소로 느슨하게 풀어진 것 같았다. 흐릿해진 시선 끝으로 그 모습을 보다가 다시 눈물이 터졌다.

"가즈키, 세월이 약이라는 말 알지?"

고모가 가즈키에게 그 말을 해준 것은 그때다. 시간이 지나면 슬픔도 미움도 흐릿해진다. 그래서 세월이 약이 되는 모양이다. 시간이 해결해준다는 의미에 가까울 것이다. 다만 시간이 흘러야 하는 만큼 즉효약은 아니다. 천천히 차근차근, 시간을 들여야 효과가 있는 약일 것이다.

"언젠가 효과가 있기를. 그렇게 기도하며 시간을 보내는 수밖에."

그날 고모가 절절히 중얼거리던 모습을, 땀을 닦은 흔적이 남아 있는 검지를 보며 떠올리고 있었다.

가즈키가 여름마다 피부염을 앓게 된 것은 고등학교 때부터다. 사춘기로 체질에 변화가 생겼을 것이다. 그때까지 아무 일도 없었는데 갑자기 드문드문 가려움을 동반한 발진이 생겼다. 피부과 진찰을 받아보니 햇빛과 땀에 의한 습진이라고 한다. 처방받은 연고를 바르면 가려움증은 금세 가라앉았다. 작고 붉은 발진은 어느 정도 시간이 지나면 미세한 통증을 동반한 물집으로 변했다가 이윽고 말라가고 마지막엔 피부가 벗겨진다. 그렇게 되면 가려움도 통증도 느껴지지 않지만 까슬까슬한 피부 상태가 계속 이어지다 원래대로 돌아오기까진 한 달 정도 걸린다. 약 바르는 걸 깜빡하거나 물을 많이 쓰면 완치까지 더욱 시간이 걸리고 간신히 나아지던 환부가 다시 재발 상태로 돌아갈 때도 있다.

생활에 지장을 초래할 정도는 아니지만 썩 기분 좋은 일은 아니다.

"확실한 원인은 알 수 없습니다."

약을 처방받기 위해 마흔 가까운 나이가 될 때까지 여러 군데 피부과를 다녔지만 그때마다 의사들은 같은 말을 했다.

그래도 습진과 함께한 시간이 꽤 길어진 덕분에 가즈키 나름의 주의점을 파악하게 되었다. 맨손으로 직접 땀을 닦으면 그 부분이 발단이 되어 습진이 생기는 것 같다. 손을 바로 씻는다고 해도 달라지는 건 없다. 일단 땀을 만지고 나면 반드시 발진이 시작된다. 최근 다니는 피부과 의사에게 그 말을 했고 몸에 익은 연고를 처방받으면서 주의사항을 들었다.

"이제부터 반드시 땀은 손수건으로 닦는다고 정해놓고 실천하는 것도 중요해요."

냉정한 말투로 그렇게 쐐기를 박았다. 땀을 흘린 부분이 짓무르는 사람도 있을 것이다. 가즈키의 경우엔 흐르는 땀을 맨손으로 닦지만 않으면 예방할 수 있는 습진이다. 그만큼 손수건을 꺼내는 일이 번거로워져서 하는 수 없이 손을 댄 얼마 전 자신을 책망한다.

"또 손을 댔네."

무심코 땀을 닦았을 뿐인데 사라지는 데 한참이나 걸린다. 고작 한 방울의 물이 흔적이 되어 오래도록 남는다. 오른손 검지 안쪽의 작은 돌기는 평소 소소하게 입는, 혹은 반대로 타인에게 주는 마음의 상처 같다. '괜찮겠지' 생각하고 무심코 내뱉은 말이 누군가에게 상처를 준다는 사실을 우리는 언제나 인지하지 못한다.

카페 도도의 마당에 있는 벤치를 만진 순간 소로리는 '앗 뜨거워!' 하면서 얼굴을 찌푸렸습니다. 강렬한 태양 빛이 마당 한가운데까지 가차 없이 내리꽂히고 있습니다. 나무 벤치도 정수리부터 햇빛을 제대로 받아 완벽하게 달궈졌을 테죠.

소로리는 이번엔 주의 깊게 조심조심 손을 가져가서 그대로 나무 그늘까지 벤치를 끌어다 놓았습니다. 벤치에 산뜻한 하늘색 체크무늬 천을 깐 뒤에 앉습니다.

"아, 여기에 연못이 있었으면."

발을 앞뒤로 흔들며 그런 말을 중얼거렸습니다.

확실히 이 작은 마당에 연못이 있다면 기분이 좋겠죠. 바람도 통하고 이런 날에도 상쾌하게 느껴질지 모릅니다.

그 순간 소로리는 무슨 생각을 했는지 그렇지, 하고 손

뼥을 치며 일어섰습니다.

설마 마당을 파서 연못을 만드는 건 아니겠죠. 의기양양하게 가게 안으로 돌아가나 싶었는데 부엌 안쪽의 팬트리에 들어가 부스럭부스럭 소리를 내고 있습니다. 잠시 후 뭔가 커다란 물건을 안고 나왔습니다. 알루미늄 재질의 대야입니다. 거기에 물을 붓고 얼음을 넣어 냉장고에서 꺼낸 채소를 담급니다. 달그락달그락 얼음이 대야에 부딪히는 소리가 청량감을 더합니다.

달그락달그락, 달그락달그락. 달그락달그락, 달그락달그락.

소리가 멀리멀리 퍼져나갑니다.

벤치에 앉은 소로리는 천천히 발아래 놓아둔 대야에서 오이를 하나 꺼냅니다.

와그작.

경쾌한 소리가 부엌에 있는 제 귀에까지 들려옵니다.

사십구재 법회와 봉안까지 순조롭게 끝났다.

"이걸로 한차례 끝났구나."

대기실에서 상복을 벗고 반 소매 티셔츠로 갈아입은 엄마가 짐을 종이가방에 정리하면서 말한다. 서류 절차 등이 아직 남아 있긴 해도 큰 행사는 끝났다. 계속되던 긴장이 풀림과 동시에 할 일이 없어진 틈새로 쓸쓸함이 밀려올 듯해서 가즈키는 일상으로 돌아가는 게 무섭게 느껴지기도 했다.

사십구재를 마치고 본가에 도착한 것은 밤늦은 시각이었다. 참석하지 못한 친척들과 아버지 동료분들이 보내주신 조화로 다다미방이 가득 차 있었다. 미소를 띤 아버지의 사진 옆자리만 덩그러니 비어 있다. 봉안 전의 유골함을 하얀 보자기에 싸서 놓아두었던 자리다. 그 공간이 아버지의 부재를 상징하는 듯했다.

엄마가 절에서 가져온 보라색 보자기를 양손으로 꺼내 손바닥에 올린다. 정성스럽게 꾸러미를 풀고 새 위패를 사진 옆에 놓았다. 공허했던 틈바구니에 다시 무언가가 스며들어 채워진 듯하여 가즈키는 안심이 된다.

일찌감치 붉게 변한 검지에 습진약을 바르고 있으니

"아빠도 피부가 약했잖아. 가즈키는 그런 부분까지 아빠를 닮았어."

그렇게 말하면서 엄마가 희미하게 웃었다.

"언제까지고 우리가 여기서 그리워하고 있으면 저세상에서도 편히 지내시지 못할 거야."

향에 불을 붙이고 두 손을 합장한 후 엄마가 자기 자신에게 말하듯 중얼거렸다. 살짝 미소 지은 눈가에 오늘도 다시 눈물이 차올랐다.

하룻밤을 보내고 가즈키는 아침에 본가에서 나왔다. 버스를 타고 역에 도착해서는 그대로 신칸센을 타고 도쿄로 돌아갈 생각이었지만 문득 바다가 보고 싶어졌다. 일반 열차로 갈아타고 서쪽으로 세 정류장쯤 더 가면 바다와 가까운 곳에 도착한다. 도쿄와는 반대 방향이지만 귀가가 몇 시간 늦어진다고 해서 문제가 될 정도로 바쁜 건 아니다. 가즈키는 4인석의 창가 자리에 앉는다. 창밖에 양파밭의 풍경이 펼쳐졌다.

평일의 지방행 일반 열차에는 사람이 거의 없었다. 에어컨은 잘 들어왔지만 환기 때문인지 위에서 밑으로 내려 여는 창문이 수 센티 정도 내려와 있었다. 열차의 움직임에 맞춰 천장에 매달아 놓은 광고판이 흔들렸다.

개찰구까지 지붕으로만 연결된 작은 역에서 내린다. 지붕도 홈 바로 앞까지만 이어지고 그다음부터는 바삭바삭

소리가 날 것 같은 햇빛에 노출돼 있다. 겨드랑이 사이를 건조한 바람이 스쳐 지나가자 가즈키는 자기도 모르게 심호흡을 했다.

역 앞의 육교를 건넌다. 폐허가 된 토산품 가게 사이로 빠져나가니 눈앞에 모래사장이 펼쳐졌다. 정식 해수욕장이 아니라서 인적은 별로 없다. 그래도 주차장에는 승합차가 여러 대 서 있고 서핑을 나온 젊은이들과 물놀이를 나온 가족들이 드문드문 보였다. 바다가 쏴아, 하고 소리 내며 파도를 가까이 보낸다. 파도칠 때마다 맨발로 뛰어가는 여자아이의 뒤를 아빠로 보이는 남자가 이름을 부르며 따라간다. 손에 들고 있는 선명한 핑크색의 플라스틱 바구니가 크게 흔들리고 있었다.

가즈키는 어린 시절을 떠올리고 있었다. 여름이 시작되면 이 바다에서 아버지와 조개잡이를 했다. 모래사장을 파헤치고 작은 삽으로 조개를 찾아서 바구니에 넣는다. 조개잡이에 몰두해 있으면 어느새 바다와 가까워졌다. 거품이 인 물결이 다가와 아쿠아 샌들을 신은 발을 적셨다.

바닷바람은 눅눅하고 머리카락에 닿으면 끈적끈적하게 들러붙었다. 주차장에서 기다리던 엄마가 젖은 수건으로 온몸을 싹싹 닦아주었다. 맨발로 서 있으면 타오를 것처럼 뜨거웠고 발가락 사이사이에 들어간 모래를 빼느라 발을 움직일 때마다 몸이 휘청거리는 감각마저 유쾌했다.

모래사장에서만 피어나는 꽃과 해변의 새 이름을 가르쳐준 것도 아버지였다. 도요새, 논병아리, 딱새. 참새만 한 크기에 회색과 흰색 날개를 가진 백할미새는 가즈키의 눈에도 보였다.

"짹짹 짹짹."

재잘거리는 듯한 새 울음소리를 아버지가 흉내 내는데 그 모습이 너무 웃겨서 배꼽을 잡곤 했다. 피부로 느끼는 추억은 순식간에 그날로 데려다준다. 아빠와 딸이 수다를 떠는 목소리가 귓가에 닿았고 이윽고 어릴 적 자신의 목소리와 겹쳤다.

"아빠!"

자기도 모르게 소리 내어 외친 것은 파도 소리와 함께 흩어질 거라 마음을 놓았기 때문일까. 이번에는 바다를 향해 과감히 소리친다.

"아빠, 고마워!"

누가 들어도 상관없다.

"고마워~!"

"고마워~!"

가즈키는 몇 번이고 반복해 외쳤다.

일단 일을 시작하면 시간은 정신없이 흘러가 버린다. 일상은 똑같은 속도로 지나갈 텐데 자신만은 그 자리에 멈춰 선 듯한 기분이 든다. 가즈키는 지나가는 시간을 남의 일처럼 멍하니 어딘가 높은 곳에서 굽어보듯 바라보고 있었다. 오른손 검지에 생긴 물집만이 시간의 흐름을 떠올리게 할 뿐이었다. 도예가인 가시와기 미호에게서 개인전 안내 엽서가 도착한 것은 그로부터 며칠 지나서였다.

'오랜만에 오프라인 전시회를 열게 되어 무척 떨리네요.'

엽서에는 손 글씨 메시지가 들어 있었다. 안내 지도에 따르면 전시회가 열리는 갤러리는 터미널 역과 비교적 가까운 곳에 있다. 일 때문에 몇 번인가 방문한 적 있는 동네인데도 그런 갤러리가 있다는 건 알지 못했다.

가즈키는 잡지나 웹사이트용 기사를 쓰는 프리랜서 작가다. 라이프스타일 관련 매체들이 주요 활동무대다. 잡화점이나 레스토랑 취재뿐 아니라 패션이나 인테리어 등을 소개하는 기사를 쓰기도 하고 수공예 작가들의 개인전 르포도 쓴다. 미호는 가즈키가 신출내기 작가였던 시절 인연을 맺은 이래 일과 무관하게 쭉 관계를 이어왔다. 당연히 얼굴을 비추어야 한다.

작년과 재작년은 온라인으로 작품을 소개하고 판매하는 형식으로 개최했고 이렇게 오프라인으로 개인전을 여는 것은 3년 만이다. 전시가 열리는 갤러리는 가즈키가 사는 아파트에서 열차를 갈아타도 30분이면 도착할 것이다. 지금 시기는 취재해야 하는 이벤트도 적고 현재 하는 일도 시간적 여유가 있다.

아버지를 떠나보내기 위한 공식적인 행사는 일단락 지어졌다. 이제는 한 발짝씩 앞으로 나아가야 한다는, 그런 조바심 비슷한 감정이 있었다. 좋은 기회다. 가자. 그렇게 결심했는데도 당일까지 가즈키는 우물쭈물 망설이고 있었다.

"가야지. 가야 해."

가즈키는 스스로를 격려하듯 손뼉을 치고 세면대 앞에 선다. 외출하기 전 의식을 치르듯 얼굴에 첨벙첨벙 물을 끼얹었다. 민감성 피부에도 좋다고 해서 전에 인터넷에서 발견한 후 애용하는 화장수를 얼굴에 듬뿍 발랐다. 라벤더 향이 마치 엄숙한 의식을 떠받치는 향기처럼 포근히 감싸주었다. 충혈 완화 안약을 넣자 울어서 생긴 눈가의 붉은기는 어느 정도 가려졌지만 눈의 부기는 빠지지 않았다.

갤러리는 역에서 이어지는 비탈진 대로의 중간에 있다. 조금 걸었는데도 숨이 차다. 무거운 신발을 질질 끌면서 지도에 나온 대로 옆길로 들어서자 갤러리 이름이 들어간 안내 간판이 나와 있었다. '가시와기 미호 도예전'이라고 적혀 있고 그 밑에 전시 작품의 사진이 붙어 있었다.

그녀의 아이콘인 선명한 색조의 작품은 핑크와 옐로 등 자연의 색과는 동떨어진 비비드한 색깔이 특징이다. 언제나 매력적으로 느껴지는 그 작품들이 이상하게 오늘따라 왠지 답답해 보였다. 전시회장에 가까이 가니 입구 근처에서 몇몇 손님들이 모여 담소를 나누고 있었다. 들썩들썩하는 느낌이 멀리까지 전해졌다.

"안 되겠어."

마음보다 몸이 먼저 반응했다.

가즈키는 숨는 것처럼 등을 돌리고 왔던 길을 되돌아갔다. 신발에 달린 웨지 솔의 통통 튀는 소리가 그들 귀에 들리지 않을까 우려될 만큼 다급한 발걸음으로 큰길로 나왔다. 일단 그 자리를 벗어나고 싶었다. 땀이 뺨을 타고 내려오는 게 느껴졌다. 손수건을 꺼낼 여유가 없다. 손으로 만지면 다시 습진이 생긴다. 흐르는 대로 그냥 둔 채 눈에 보이는 골목길로 쏜살같이 들어갔다. 지나가다 작은 나무 간판에 '차가운 오이 있어요'라고 힘없이 흘려 쓴 듯한 글씨가 적혀 있는 걸 쓱 확인한다.

나무에 둘러싸인 골목은 바람이 잘 통해서 방울져 떨어질 것 같던 땀을 식혀주었다. 골목 끝에 탁 트인 마당이 있고 그 안쪽에 오두막 같은 건물이 보였다.

"간신히 도망쳤네."

가즈키는 술래잡기를 막 마친 아이처럼 어깨를 들썩이며 숨을 몰아쉬고 있었다. 숨을 가다듬으려고 크게 심호흡을 하자 몸 안에 숲 향기가 쑥 들어왔다. 마당 한쪽 벤치에 앉아 있던 남자가 가즈키의 존재를 알아보고 일어선다. 오래된 나무 벤치가 삐그덕 소리를 내며 좌우로 흔들렸다.

"어서 오세요. 카페 도도에 오신 걸 환영합니다."

그 말을 듣고 비로소 아까 본 간판이 카페의 메뉴였다는 것을 가즈키는 알아차린다.

"차만 한잔 마실 수 있을까요?"

배는 고프지 않다. 당황해서 말하니 키가 큰 더벅머리 남자가 턱에 손을 댄 채 곤란한 듯 고개를 갸웃했다.

"실은 아직 문을 안 열었어요."

간판을 너무 일찍 내놓았구나, 라고 중얼거리는 모습에 가즈키가 미안함을 느끼며 떠나려고 하자 등 뒤에서 목소리가 들려왔다.

"차가운 오이는 있어요."

가즈키가 뒤돌아보자 남자가 발아래 대야에서 오이 하나를 꺼낸다. 집게에 잡힌 오이는 막 물놀이를 갔다가 돌아온 아이 같다. 반짝반짝 빛나는 물방울이 똑똑 떨어졌다.

"괜찮으시면 이거."

꺼낸 오이를 남자가 와그작 소리를 내며 한입 베어 물었다. 가까이 간 가즈키가 남자의 손가락이 가리키는 대로 대야 안을 들여다보니 오이와 토마토가 얼음과 장난치듯 둥둥 떠다니고 있었다.

"직접 꺼내시면 돼요."

집게를 건네받고 오이를 하나 꺼낸다.

"잘 먹겠습니다."

물방울이 똑똑 떨어지는 오이는 아주 차가워서 잡기만 했는데도 체감온도가 떨어지는 기분이 들었다. 입에 가까이 가져가자 상큼한 향이 콧구멍을 간지럽힌다. 이끌리듯 한입 베어 물었다. 아무 양념도 안 했는데 희미한 단맛이 느껴진다. 채소 자체가 품고 있는 풍미가 응축돼 있는 것이다. 뒷맛의 풋내는 깔끔하고 씨 주변까지 아삭아삭 신선하다. 순식간에 체내의 열기를 빼주었다. 어금니로 와그작와그작 소리 내며 밖에서 채소를 통째로 손에 들고 씹어먹는 게 몇 년 만인가, 생각하고 있었다.

아버지와 갔던 하이킹의 산길이 머릿속에 펼쳐진다. 중간에 들른 휴게소에서 그런 식으로 채소를 팔고 있었다. 맑은 공기 속 산들의 풍경을 바라보면서 베어먹는 동안 이보다 더 맛있는 게 있을까 감동했었다.

가즈키는 오른손 손가락에 눈을 떨군다. 사십구재 때 생긴 습진은 오돌토돌한 발진으로 바뀌었다가 며칠 전부터 피부가 건조해져서 벗겨지기 시작했다. 오이는 비타민C가 풍부하다고 한다. 습진에도 효과가 있으면 좋겠다고 기대하면서 오이 하나를 전부 먹어 치웠다.

영업준비 때문인지 방금 전의 남자는 가게 안으로 들어간 후 돌아오지 않는다. 잠시 마당에서 시원한 바람을 쐬고 있었지만 마냥 있는 것도 방해가 될 뿐이다. 창문으로 안을 들여다보니 남자는 부엌에서 작업을 하고 있다. 다른 스태프는 눈에 안 띄는 걸로 보아 주인으로 보인다. 혼자서 준비 작업을 하는 모습이 마치 산속의 오두막에서 요리를 하는 것 같다. 마당 한켠에 앉은 가즈키는 자신이 바람막이를 입고 배낭을 짊어진 아이의 모습으로 바뀌어 여름 산속으로 빨려 들어온 것처럼 느껴졌다.

"저기, 오이 값이……."

들여다본 가게 안은 아주 적막한데도 촛불 때문인지 따뜻한 느낌이다. 에어컨을 켜놓았겠지만 열린 창문으로 바람이 기분 좋게 불어온다.

"오늘은 그냥 가세요. 단순한 오이니까요."

영업 전이니까 서비스입니다, 라고 사장인 듯한 그 남자가 말했다.

"또 오세요."

덥수룩한 머리에 손을 가져가며 방긋 미소를 보여준 그에겐 미안한 일이지만 이 언덕을 올라올 일은 당분간 없을 것이다. 고개 숙여 인사를 하고 가게에서 나왔다.

집에 가는 열차 안에서 스마트폰을 연다. 미호의 인스타그램에는 개인전 사진이 올라와 있었다. 개인전에는 그녀의 친구와 미대 시절 후배들이 늘 도와주러 온다. 낯익은 얼굴들이 찍혀 있다. 그때

늘 함께하는 멤버들과 기다리고 있어요.

마치 가즈키의 행동을 직접 보기라도 한 듯, 딱 그 타이밍에 미호가 메시지를 보내왔다.

오늘 근처까지 갔었는데 들를 시간이 없었어요.

가즈키가 변명 투의 메시지를 보내자,

그러셨군요. 보고 싶어요.

그렇게 답장이 왔다. 가즈키는 메시지를 읽고 나서 뭔가 대답할 말을 찾고 있었다. 전시회장 가까이에서 느껴지던 들썩들썩한 분위기가 뇌리를 스친다. 슬픔에 잠겨 허우적거리는 자신이 화려하고 유쾌한 그 공간에 적응할 수 있을까. 하지만 제자리에 멈춰 있어봤자 시간은 기다려주지 않는다. 일이라고 생각하면 못 할 것도 없다. 빨리 인사만 하고 나서 그 카페에 들르면 되잖아. 스스로를 격려한 다음 답장을 보냈다.

다음 주말쯤 들를 수 있을 것 같아요.

카페 도도는 밤에 문을 엽니다. 슬슬 준비해야 하는 시간인데 소로리는 아직도 마당에 나가 있습니다. 해가 기울어 조금 선선해졌겠죠. 벤치에 그냥 드러누웠네요.

"이쪽이 북쪽이니까."

설마 영업 전에 낮잠이라도 자려는 건가 싶어 기가 찼는데 그런 건 아닌가 봅니다. 원반 모양의 두꺼운 종이 같은 걸 손에 들고 하늘을 올려다보고 있습니다.

"백조자리가 여기라는 건."

역시, 별자리판이네요. 날짜와 방위를 지정하면 눈앞에 보이는 별자리가 표시되는 구조입니다. 그러고 보니 오늘 밤은 별똥별이 보인다나 뭐라나, 그러면서 아침부터 무척 들떠 있었네요. 소로리는 그렇게 누워 천천히 해가 저물기를 기다리고 있습니다.

"뒹굴뒹굴하면서 별하늘 보는 거 너무 좋다."

이런 시간이야말로 진짜 행복이지요.

해가 저물자마자 단골인 이소가이 무쓰코가 얼굴을 비추었습니다.

"무쓰코 씨, 오이색이네요."

무쓰코는 자신의 이름을 딴 무쓰코이소가이라는 브랜드를 운영하고 있는 텍스타일 디자이너입니다. 일흔 살이 되었지만 여전히 열정적으로 일하는 현역으로, 일을 줄일 생각은 전혀 없어 보입니다. 소로리가 자못 진지한 척 말하자 카운터에 앉은 무쓰코가 활짝 웃으며 원피스에 눈길을 보냈습니다.

"듣고 보니 그렇네."

오늘 입고 있는 원피스도 직접 디자인한 것일 테죠. 모스그린과 연한 그린의 동그라미들이 흐릿하게 섞여 옷 전체에 펼쳐져 있는 디자인입니다.

"오이는 훌륭한 채소라서 내가 좋아하지."

무쓰코가 오늘의 추천 메뉴인 '상처받지 않는 포타주'를 숟가락으로 섞으면서 소로리에게 말을 겁니다. 이상한 이름을 붙여놓았네요. 보니까 오이를 이용한 포타주입니다.

"네, 훌륭하죠. 비타민C가 듬뿍 들어 있잖아요. 이 계절엔 햇빛에 시달린 피부도 도와주고요."

"눈에 좋은 베타카로틴도 풍부하잖아요."

일 때문에 무쓰코가 눈 건강에 특히 신경 쓴다는 걸 저도 잘 알고 있습니다.

저를 태어나게 해준 분이 바로 이소가이 무쓰코 씨로, 수채로 저를 그려 소로리에게 선물했습니다. 도도새는 멸종했지만 무쓰코 덕분에 저는 카페 도도에서 계속 생존할 수 있게 되었죠. 무쓰코가 소로리에게 이렇게 묻고 있습니다.

"오이의 비타민은 열에 약하지 않나요?"

소로리는 양손을 허리에 대고 그래서 이렇게 생으로 조리를 한 거라며 자신만만하게 말했습니다. 무쓰코가 숟가락을 꽂아 넣은 하얀 볼에 물방울이 맺혀 있습니다. 입에 넣고 "차갑다"며 어깨를 움찔하는 무쓰코의 모습은 어딘가 장난꾸러기 같습니다. 그런 무쓰코를 보면서 소로리가 레시피를 설명합니다. 블렌더에 간 포타주를 차갑게 만들기 위해 일단 냉동한 다음 반쯤 해동한 상태에서 손님께 내어놓는다고 합니다.

"그래서 이렇게 차가운 거구나. 확실히 셔벗처럼 사각사각한 느낌도 있고요."

"얼음을 넣으면 맛이 연해져버리는 게 아쉬워서요."

무쓰코가 기쁜 표정으로 반구 형태의 그릇을 들어 올려 코 가까이 가져가더니 이렇게 물었습니다.

"허브인가. 좋은 향이 나는데 뭐예요?"

"딜이에요."

"아, 그 이상하게 웃자란 잔디같이 생긴 풀?"

무쓰코는 이해했다는 듯 고개를 끄덕이고는 순식간에 그릇을 깨끗이 비웠습니다.

가즈키는 열차에서 내려 목적지로 향한다. 불과 며칠 전에 방문했던 장소다. 가는 길도 머릿속에 들어 있다. 하지만 가즈키는 신호등을 건넌 뒤 그 자리에서 멈춰서고 말았다. 신호등 너머로는 완만한 언덕길이 이어진다. 미호의 전시회장이 있는 갤러리는 언덕 중간쯤에 있다. 다리가 굳어 움직이지 않았다. 올라가고 싶지 않아, 라고 전신이 호소하고 있다. 이대로 그냥 돌아갈까도 생각했다. 하지만 '지금 출발해요'라고 연락까지 해둔 상태다. 약속을 갑자기 취소하는 무책임한 행동은 할 수 없다. 억지로 한 발짝을 내디뎠다. 아픈 것도 아닌데 눈물이 차올랐다. 휴, 한숨을 내뱉으니 조금 발이 떨어졌다.

전면이 유리로 돼 있는 갤러리에서는 스태프들이 할 일 없이 나른하게 서 있었다. 손님이 적은 건 문 닫을 시간이 가까워졌기 때문일까, 생각하면서 결국 안에 들어가고 알았다. 이번 개인전은 전시와 동시에 현장 판매도 하고 있다. 선반과 탁자 위의 전시 작품은 이제 몇 점 안 남았다. 완판이 코앞이다. 미호가 간만에 연 개인전이다. 기다리던 팬들도 많을 것이다.

"꽤 많이 팔렸네요."

"덕분에요."

3년 만에 얼굴을 마주한 미호는 이전보다 조금 후덕해 보이지만 붙임성 있는 미소는 여전하다. 옆에서 돕는 이들도 "가즈키 씨, 보고 싶었어요"라며 웃는 얼굴로 인사를 건넸다. 얼마 안 남은 작품들을 보고 있으니 미호가 웃음기를 싹 지우고 곁에 다가왔다.

"아버님 소식, 들었어요."

갤러리의 조명이 너무 밝게 느껴졌다. 화사한 분위기 속에서 별로 화제에 올리고 싶지 않은데.

"어떤 심정인지 잘 알아요."

하지만 가즈키에게 위로와 공감을 표현하고자 하는 미호를 모른 척할 수는 없다. 어느새 스태프들도 모두 두 사람을 보며 걱정스러운 얼굴을 하고 있었다.

"아, 원래 자주 편찮으셨어요."

가즈키는 재빨리 화제를 돌리고 싶어서 일부러 밝게 행동한다.

"저도 미대 시절 은사님이 바로 얼마 전에 돌아가셨거든요. 너무 많이 보고 싶고 힘들어요."

미호가 눈에 살짝 눈물까지 비치며 졸업 후 만날 기회는 없었지만 자기를 이 길로 이끌어주신 분이라고 설명했다. 그때 가즈키의 마음속에서 무언가가 삐걱거렸다. 목숨의 크기에 차이는 없다. 비교할 수 없다. 그래도 '아버지가 돌아가신 것과 같은 선상에 놓으면 안 되지.' 그런 마음이 강하게 올라왔다. 슬프다고 말은 하면서도 그 은사님을 수십 년 동안 찾아뵙지도 않았다는 것 아닌가.

"가즈키 씨, 슬플 땐 울어도 괜찮아요."

가즈키가 입 다물고 있으니 스태프 중 한 사람이 어깨를 두드린다.

"그래요. 친구니까. 우리 앞에선 애쓸 필요 없어요."

미호가 말하자 여기저기서 그럼요, 맞아요, 하는 말소리가 귓가에 소용돌이쳤다. 가즈키가 애써야 했던 건 울음을 참는 일이 아니었다. 여기 일부러 발걸음을 한 일 자체였다. 눈물은 진심으로 서로를 이해하는 사람들 앞에서 충분히 흘렸고 지금도 충분히 흘리고 있다. 다 안다는 식으로 아름답게 포장한 미사여구 좀 토해내지 말았으면 좋겠다. 시선을 오른손 손가락에 떨군다. 간신히 낫기 시작했는데 다시 붉은 기가 올라오고 있다. 이 공간에서 당장 떠나고 싶다. 그런 생각을 하니 분해서 눈물이 차올랐다. 눈물은 동정의 눈초리를 차단하는 수단이 되었다.

"괜찮아요."

가즈키의 눈물을 본 것에 만족한 것인지 미호가 깊이 고개를 끄덕였다.

"아버님은 어떤 분이셨는지 얘기해줘요. 모두 함께 추억 얘기를 들어보면 어떨까."

미호의 쓸데없는 이 제안을 어떻게 차단했더라. 그냥 분했다. 애써 언덕길을 올라온 자기 자신을 책망했다. 아직 이럴 단계는 아니었던 거다. 세월의 약이 전혀 듣지를 않는데 움직여선 안 되는 거였다.

옆길로 뛰어 들어가서 골목 입구의 간판 앞에 선다. 지난번엔 제대로 보지 않고 들어가는 바람에 영업시간 전에 방문하고 말았다. 가게 이름 '카페 도도' 밑에 '1인 전용 카페'라고 적혀 있다.

"그랬구나."

먼젓번에 힐끗 들여다본 가게 안의 모습을 떠올린다. 그곳이라면 쓸데없는 참견은 하지 않고 그냥 편히 내버려둘 것 같다. 주인인 듯한 남자의 바람처럼 자유로운 분위기가 뇌리를 스친다. 커피, 홍차, 샌드위치 그리고 오늘은 '차가운 오이 있어요'라는 문구는 없고 대신에 '오늘의 추천' 메뉴 이름이 적혀 있다.

'상처받지 않는 포타주, 있습니다'

가즈키는 메뉴 이름을 찬찬히 쳐다보았지만 도저히 상상이 안 간다. 그보다 조금이라도 빨리 안락한 장소로 숨어 들어가고 싶었다. 숲 향기로 온몸을 채우고 싶었다. 자연스럽게 걸음이 빨라졌다.

지난번에 왔을 때보다 늦은 시간이다. 나무에 둘러싸인 마당은 완전히 어두워졌지만 창문 안쪽에서 따뜻한 주황빛 촛불이 깜빡깜빡 흔들리는 것이 보였다. 금색의 손잡이를 당기자 안에서 지난번에 만났던 남자가 앞치마 차림으로 맞아주었다.

"어서 오세요. 카페 도도에 오신 걸 환영합니다."

둥근 안경에 머리는 오늘도 덥수룩하다.

가게 안에는 나이 많은 여자 손님이 혼자 앉아 있다가,

들어온 가즈키에게 부드러운 미소를 보냈다. 고개 숙여 인사하고 손님 옆자리에 앉았다.

"지난번엔……."

주인에게 인사를 하려고 하자

"오늘도 추천 메뉴는 오이 요리랍니다."

주인이 어눌하게 말한다.

"밖의 간판에 적혀 있는 '상처받지 않는 포타주'라는 건."

가즈키가 묻자 안경 속의 눈빛이 살짝 미소를 짓는다.

"네. 오이예요."

"오이가 상처받지 않는다고요?"

고개를 갸웃하는 가즈키에게

"맛있어요. 맛도 깔끔하고."

나이 많은 여자 손님이 추천하는 말을 덧붙인다.

"그걸로 부탁드릴게요."

어떤 게 나올지 알 수 없으니 모험하는 것처럼 두근거린다. 이곳에 있으면 아버지와 함께 갔던 산속 오두막에 있는 것 같은 기분에 젖는다. 그것도 기뻤다. 주인은 아버지보다 훨씬 젊지만 가만히 지켜봐주는 분위기는 아버지랑 조금 닮은 것도 같다.

"드세요"라며 주인이 갖다준 수프는 신선한 생기가 감

도는 연두색이어서 그 자체로 기분이 상쾌해진다. 얼굴을 가까이 가져가니 초목 같은 향기가 난다. 마치 숲속을 헤매는 기분이다. 수프 그릇에 손을 대니 그릇 너머로 차가운 감촉이 전해져왔다. 숟가락을 집어넣으니 걸쭉한 무게감이 느껴진다. 살짝 떠서 입으로 가져갔다.

"와."

우선 셔벗 같은 식감에 깜짝 놀랐다. 오이를 생으로 베어 물었을 때의 청량감이 응축되어 있어서 걸쭉한 포타주인데도 산뜻한 맛이 난다. 허브 향이 강해서 밭 한가운데에 서 있는 느낌이다.

"진짜 맛있죠?"

나이 많은 여자 손님의 물음에 가즈키는 크게 고개를 끄덕였다.

"오이와 딜을 블렌더에 간 다음 식초를 섞었다고 하네요."

딜은 청어요리 같은 데 곁들이는 유럽의 전통적인 허브다. 오이와 섞는다는 건 새로운 발상이다.

"스웨덴 요리책에 나와 있는 레시피예요. 북유럽에서는 흔히 먹는 포타주라고 해요. 물론 레시피 이름은 그냥 오이 수프이긴 하지만요."

안경다리를 잡고 움직이면서 주인이 설명한다. 너무 더워서 냉장고 안에서 차게 만든 것만으로는 성에 안 차 수프를 얼렸다가 반쯤 해동했다고 한다.

"그 레시피에 소로리 씨가 새로 이름을 붙인 거죠? 상처받지 않는 포타주."

여자 손님의 질문에 소로리라 불리는 주인이 고개를 끄덕인다. 자랑스럽게 가슴을 펴는 모습이 애교스럽다.

"왜 이 포타주가 상처받지 않는다는 거예요?"

"아 맞다. 나도 아직 그 얘기를 못 들었네."

가즈키의 물음에 여자 손님도 동의한다. 그러자 소로리가 한 번 헛기침을 한 뒤 턱을 위로 치켜드나 싶더니

"냉정 수프니까요."

소로리가 천천히 말했다.

"아, 냉장 수프. 차가운 수프 말이죠?"

확실히 차가운 수프다. 게다가 오이는 몸의 열을 식히는 효과도 있어서 열사병 예방에도 좋다는 내용을 인터넷으로 본 적이 있다.

"아니요. 냉정 수프라고요."

"네?"

소로리의 말에 가즈키와 여자 손님의 머리 위에 동시에

물음표가 달렸다.

”차가운 냉에 조용한 정, 냉정입니다.“

간신히 의미를 이해하고 두 사람 모두 웃음을 터트렸다.

“말장난이구나.”

여자 손님이 깔깔거리며 크게 웃었다.

“냉정한 상태로 지낼 수 있다면 상처받는 일도 없다는 뜻인가?”

“말 그대로예요. 마음이 평온하지 않기 때문에 더 많이 상처받는 겁니다. 물론 평온하게 지낼 때라도 의기소침해질 때는 있겠지만 그 정도가 다르죠. 그래서 가능한 한 평온한 마음을 유지하는 게 중요해요.”

“그런데 냉수프라고 하면, 예를 들어 토마토 가스파초 같은 것도 있잖아요.”

“감자로 만든 비시수아즈도 있고요.”

가즈키도 가세한다. 하지만 두 사람의 말을 들으며 소로리는 팔짱을 낀다.

“아무튼 오이는 더할 나위 없이 훌륭한 채소니까요.”

“맞아요. 아까도 그런 얘기를 나눴거든요.”

여자 손님이 가즈키에게 그때까지 화제로 삼았던 오이의 효능을 설명해준다. 가즈키도 고개를 끄덕이더니 아직

완치되지 않은 습진에 눈을 떨구면서 여름마다 골치를 썩이는 피부염 이야기를 한다.

"손수건으로 닦으면 발진이 안 생기는 걸 아는데도 꺼낼 여유가 없어서 그만 저도 모르게."

가즈키가 땀을 닦는 시늉을 해 보인다.

"확실히 영양성분도 풍부하지만 오이는 몸에 있는 필요 이상의 수분도 배출해준답니다."

소로리가 레시피를 해설한다. 여자 손님이 그다음 이야기를 재촉했다.

"그래서요?"

"누군가에게 무슨 말을 듣고 상처를 받았거나 뭔가 우울할 일이 생겼을 땐 오이를 먹고 밖으로 배출해버리면 좋지 않을까, 생각했어요."

상처받은 말……. 가즈키는 방금 갤러리에서 있었던 일을 떠올린다. 그들은 좋은 뜻에서 해준 말이다. 물론 잘 알고 있고 신경 써주는 건 고마운 일이다. 그래도 가즈키는 괴로웠다. 오히려 아무 일 없었던 것처럼 대해주는 편이 더 좋았을 것이다. 입 다문 채 가만있는 가즈키를, 손님도 주인도 가만히 그냥 내버려둔다.

"초여름에 아버지가 돌아가셨어요."

오이 수프를 다 먹고 가즈키가 불쑥 중얼거렸다. 다시 귀찮은 대화로 이어질지 모른다는 우려의 마음이 웬일인지 그 순간엔 올라오지 않았다. 있는 그대로 솔직하게 자신을 드러낼 수 있었던 건 오이 덕분에 냉정해졌기 때문일지 모른다.

"딸에게 아버지는 아주 특별한 분이죠. 그건 아무리 나이를 먹어도 똑같아요."

여자 손님은 작게 고개를 끄덕이며 가즈키의 마음을 대변해준다. 무쓰코라는 여자 손님은 이십 대 때 아버지가 돌아가셨다고 한다. 감정적으로 예민한 시기에 부모님이 돌아가셔서 얼마나 힘들었을까. 상상은 할 수는 있어도 실감은 안 된다.

"오늘도 지인의 개인전이 있어서 얼굴을 비추어야 했는데요, 언덕 아래서 그만 멈춰 서고 말았어요. 언덕길을 올라가는 게 괴로웠어요. 아버지 이야기가 나와도 어떻게 대응해야 할지 모르겠고. 화기애애한 장소에서 나 혼자 침울하게 있어도 안 되잖아요. 제대로 미소나 지을 수 있을까, 뭐 그런 생각을 하다 보니 발이 안 떨어지더라고요. 그렇지만 이 가게가 있어서 간신히 언덕을 올라올 수 있었어요."

쑥스러움을 감추려고 어색한 미소를 짓는다. 몸이 차가워진 덕분인지 손가락 끝의 붉은 발진에서 어느새 열기가 빠져나가 있었다.

"올라오지 못하면 우리가 내려가면 되죠. 그렇죠? 소로리 씨?"

소로리는 허리에 손을 얹고

"언덕 아래까지 수프 배달해드리겠습니다."

그러면서 아주 진지하게 고개를 끄덕였다. 올라가지 못할 때는 내려와달라고 하면 된다. 그 말에 가즈키의 마음이 깃털처럼 가벼워졌다.

"사람들이 배려한다고 해준 말이 오히려 저를 힘들게 하고 하나하나 전부 상처가 되었어요."

사사로운 일에 일일이 신경 쓸 필요는 없는데 말이에요, 라고 말하며 가즈키는 다시 고개를 떨구었다. 친절한 배려의 말도 받아들이지 못하는 자신이 혹시 사회 부적응자인 건 아닐까 하는 생각마저 든다고, 그렇게 솔직하게 고백했다. 이 사람들이라면 어떤 말을 할까. '신경 안 써도 돼요'라거나 '그런 말은 무시해버려요'라고 말할까, 아니면 '잊어버려요'라고 조언할까. 그런데 그 어느 쪽도 아닌 말을 무쓰코가 한다.

"실제로 그 사람들이 한 말 때문에 상처를 받았고 그게 전부예요. 상대가 나를 위해서 한 말이냐 아니냐, 그건 중요하지 않고요."

그 자리에서 지금은 그런 얘기 들을 기분이 아니라고 말했다면 어떻게 됐을까? 가즈키는 상상해본다. 힘들다고 사람들에게 투정 부리는 걸 불쌍하게 여겼을까, 아니면 어른스럽지 못하다며 한심하다고 했을까. 조용히 대화를 듣고 있던 소로리가 이해할 수 없다는 얼굴로 고개를 갸웃했다.

"그분들이 정말로 손님 편일까요? 스스로 좋은 말을 한다는 기분에 젖어 있는 것처럼, 저는 들리는데요."

진심으로 위로하고 공감한다는 말은 쉽게 할 수 있지만 실제로 그렇게 하는 건 정말 어려운 일이라고 소로리가 말한다.

"말은 쉬워도 실천은 어려운 법이죠."

이건 나 자신에게 경각심을 주기 위해 입버릇처럼 하는 말인데요, 라면서 알려주었다. 연대, 인연……. 세상에는 그런 편리한 단어가 범람한다. 표면상으로는 매우 아름다운 말이다. 정확히 정곡을 찌를 때도 있고 마음이 담겨 있어 상대에게 제대로 전달될 때도 많을 것이다. 하지만 이런 말일수록 정말 조심스럽게 사용해야 한다며, 소로리가 경종을 울린다.

"언령이라는 말도 있잖아요. 말은 소중히 다뤄야죠."

표어를 읊조리듯 소로리가 말한다. 마치 '자연을 소중히'라는 캠페인 문구를 말할 때와 같은 톤이다. 언령은 말에 깃들어 있는 혼을 말한다. 일단 입에서 나온 말에는 혼이 깃든다. 그것이 좋은 말이면 좀 더 좋은 에너지를 만든다. '목표는 소리 내어 말로 하는 것이 좋다'라고 하는 건 그런 뜻에서일 것이다. 그러나 경우에 따라서는 사람에게 상처를 입히는 칼날이 되기도 한다. 타인에게 들은 말은 돌이킬 수 없다. 좋은 방향으로 전환할 수 있다면 그렇게 하면 된다. 하지만 그게 자신에게 스트레스가 되었다면 왜 스트레스를 받았는지 자문해볼 일이다.

"싫다고 느끼는 자신의 감정을 어물쩍 넘기지 말아야 합니다. 그걸 말로 표현하느냐 아니냐는 그다음 문제고요."

소로리의 말을 듣고 팽팽하게 당겨져 있던 가즈키의 신경 줄이 느슨하게 풀어졌다.

"맞아요. 떠오르는 그대로 인정한다고 할까요. 지금 이대로 괜찮아요. 솔직하게 떠오르는 느낌 그대로를 받아들이면 돼요."

가슴에 스며드는 듯한 온화한 말투로 무쓰코가 가즈키에게 말한다. 누군가가 건넨 말에 상처를 입었다. 그런 자신의 모습을 있는 그대로 인정한다. 그거라면 지금의 자신도 할 수 있는 일이다.

"떠오르는 그대로, 구나……."

고개를 끄덕이던 소로리가

"좋아, 결심했어."

그렇게 말하며 활짝 웃었다.

"무슨 결심을?"

"이 오이요. 남은 건 피클로 만들려고요. 그러면 여름이 끝나도 맛있게 먹을 수 있으니까요. 오이만 넣은 샌드위치도 괜찮겠다."

소로리 나름의 '떠오르는 그대로의 결론'을 듣고 가즈키와 무쓰코가 "맛있겠다"라고 입을 모았다.

"언젠가 가슴을 펴고 이 언덕을 다시 올라올 수 있게 되기까지는 마음속으로 배달주문 넣을 테니 잘 부탁드립니다."

가즈키가 두 사람의 얼굴을 보면서 선언하자 무쓰코가 온화한 미소를 지으며 말했다.

"양생하는 것 잊지 마시고요."

"양생이요?"

양생은 몸을 돌본다는 의미의 단어인데.

"맞아요. 나는 그림 그리는 일을 하는데요."

무쓰코의 말에 소로리가 부엌 기둥으로 눈길을 주었다. 거기엔 액자에 들어 있는 새 그림이 걸려 있었다.

"이 도도새. 무쓰코 씨가 그려주신 거예요."

도도새의 부리부리한 눈이 너무 귀엽고 파스텔 톤의 색감도 이 가게와 무척 잘 어울린다.

"먼저 그린 부분이 오염되지 않게 종이로 커버를 씌우거든요. 왜 그럴 때 있잖아요. 편지를 쓰는데 먼저 쓴 자리에 손이 닿아서 종이에 잉크가 번지는 일이요."

"이 자리에 잉크가 묻어 있곤 해요."

가즈키가 새끼손가락 아래쪽을 만지면서 그 부분을 쳐다본다.

"맞아요. 그거. 그런 일을 방지하기 위해 미리 커버를 씌우죠. 그게 양생이에요."

"상처받지 않도록, 오염되지 않도록 미리 커버를 씌워둬야 한다는 의미일까요?"

"그렇죠. 설사 상처를 받았다고 해도 다시 회복할 수 있도록 마음의 평정을 유지하는 것도 필요하고요."

"아까 습진 이야기 말인데요, 방법을 생각해봤어요."

소로리가 몸을 앞으로 숙이고 옆에서 끼어들었다.

"손수건을 꺼낼 여유가 없다고 하셨는데 순서를 반대로 해보는 건 어떨까요?"

"반대로요?"

이번에는 가즈키와 무쓰코가 몸을 앞으로 숙인다.

"손수건을 먼저 꺼내는 거예요. 그러면 마음에 여유가 생기잖아요."

가즈키는 아버지가 돌아가신 슬픔에 빠져 허우적대고 있었다. 하루빨리 빠져나가야 한다고 조바심만 낼 뿐 나약해진 자신을 돌보는 데까진 생각이 미치지 못했을지 모른다. 호흡 한 번 가다듬을 여유를 잃어버린 채였다.

"저 먼저 가볼게요."

무쓰코에게 인사를 하고 가즈키는 자리에서 일어났다. 계산을 마치고 지갑을 가방에 넣고 있는데,

"이거 조금 크긴 하지만."

그렇게 말하면서 소로리가 부엌 밑에서 머뭇머뭇 알루미늄 대야를 꺼내 들었다. 지난번 마당에서 채소를 차게 담가두었던 대야다. 갑자기 눈앞에 나타난 물건에 가즈키는 당황한다.

"소로리 씨는 틈만 나면 손님들한테 이상한 물건을 막

주고 싶어해요. 신경 쓰지 마세요."

무쓰코가 웃는다.

"이상한 물건 아니에요. 대야예요."

소로리는 외야석의 목소리 같은 건 무시한 채 계속 말을 잇는다.

"손님이 들은 말들은 이 대야에서 씻어 흘려보내세요. 마음의 상처를 씻어내는 거죠."

어딘가 표현이 어색하긴 했지만 순수하게 납득이 갔다. 상처를 받았다면 그때마다 씻어서 흘려보내면 된다.

"여기에 물을 받아놓았다가 나에게 물을 주는 것도 좋겠네요."

가즈키의 의견을 듣고 소로리는 더욱 힘주어 대야를 내민다.

"잘 알고 계시네요. 사용 방법은 다양합니다."

"고맙습니다. 하지만 이걸 들고 열차를 탈 순 없으니까."

"당연히 그렇지."

무쓰코의 통통 튀는 목소리에 가즈키도 덩달아 웃었다.

"대야는 다시 팬트리에 갖다놓아야 하나."

소로리는 마지못해 대야를 들고 창고에 정리하러 간다.

"잘 먹었습니다."

문 손잡이에 손을 걸치는 가즈키에게 소로리가 밖으로 눈길을 주며 말한다.

"오늘 밤은 별똥별을 볼 수 있다고 합니다."

덩달아 창가를 보니 유리창에 자신의 얼굴이 비치고 있었다. 거기에 아버지가 있었다. 가즈키는 어릴 때부터 아버지를 닮았다는 말을 많이 들었다. 거울을 들여다보면 언제든지 아버지를 만날 수 있는 것이다. 그리고 겉모습뿐 아니라 체질도 아버지와 닮았다. 열기 빠진 검지 안쪽을 살짝 만졌다.

'아빠, 많이 사랑해요.'

골목길을 빠져나올 때 바람이 불어와 주변 잎들을 사방으로 날려 보냈다. 그때 작은 새 한 마리가 눈앞으로 날아왔다.

짹짹 짹짹.

백할미새다. 언젠가 아버지와 바닷가에서 함께 발견했던 그 새다. 이 근처에서 물이 흐르고 있을지 모른다. 백할미새는 바다와 강뿐 아니라 용수로나 물가가 있는 곳이라면 길거리에서도 볼 수 있다. 얼굴을 들자 회색 몸을 가진 새가 가즈키 주위를 빙글빙글 돌았다.

짹짹 짹짹.

작게 지저귀다가 나무 저편으로 날갯짓해 갔다. 가즈키는 날아간 쪽을 언제까지나 바라보고 있었다. 날은 완전히 어두워지고 아름다운 별하늘이 펼쳐져 있다. 그리고 가까스로 알아차렸다. 오늘은 아버지가 돌아가신 지 딱 49일째 되는 날이라는 걸.

* 3장 *
시간을
되돌리는
버섯
아히요

cafe dodo

아기를 낳는 꿈을 꾸었다. 잠에서 깬 뒤 도쿠나가 유나는 한동안 벽지가 붙어 있는 천장을 쳐다보고 있었다. 불과 몇 주 전까지는 한밤중에 몇 번씩 깨어서 에어컨 스위치를 켜곤 했는데 오늘 아침은 조금 쌀쌀할 정도다. 와플 천으로 된 담요를 어깨까지 덮고 배꼽 주변에 가만히 양손을 겹쳐 얹었다.

"갑자기 출산이라니 뜬금없이 무슨 일이지."

마흔 살이 넘은 지 오래다. 경험이 없기 때문에 임신과 출산이 어떤 건지 알지 못한다. 하지만 출산 경험이 있는 친구의 이야기와 글로 배운 내용으로 유추해보면 얼마나 힘든 일인지 상상이 간다. 꿈에서는 화장실에서 용변을 보는 것보다 수월하게 아이를 낳고 "태어났다"라고 한마디 가볍게 했을 뿐이다. 동시에 '아, 나도 엄마가 되는구나'라는 끓어오르는 감정만은 눈을 뜬 후에도 계속 마음속에 표류하고 있어서, 그런 자신에게 놀란다.

옆 침대를 보니 이미 이불은 정돈돼 있다. 고개를 들어서 보니 냉장고에 넣는 걸 깜빡 잊은 오렌지주스 병이 동글동글 물방울을 매단 채 놓여 있었다. 오늘 아침께 남편인 다이시가 늦게 잠든 유나를 배려해 현관문을 살며시 닫는 소리를 들은 기억이 난다. 어렴풋이 눈을 떴다. 창 너머 펼쳐진, 동트기 전 연한 블루의 하늘이 블라인드 사이로 눈에 들어왔다.

'지금 몇 시지?'

잠깐 궁금하긴 했지만 시간을 확인할 기력도 없이 다시 잠에 빠져들었다. 그 후에 꿈을 꾼 것 같다. 오늘부터 사흘간 도호쿠 지방의 거래처를 돌 거라고 다이시에게 들었다. 인터넷 콘텐츠를 취급하는 다이시네 회사는 코로나가 시작되고 바로 재택근무로 전환했다. 팬데믹이 끝난 지금도 기본적으로 출근을 하지 않아도 된다. 하지만 다이시는 일주일에 이삼 일은 열차를 타고 회사에 간다. 한동안 자제하던 출장도 재개했다. 어젯밤의 대화를 떠올린다.

"상대 쪽 회사에서 오라고 해?"

온라인으로 어디서든 연결되고 업무처리가 가능한 편리함을 경험했음에도 굳이 경비와 시간을 써가며 출장을 갈 필요가 있을까.

"역시 직접 얼굴을 마주 보고 이야기해야 본심이 제대로 전달되는 것 같다니까."

그렇게 아무 주저 없이 말하는 다이시를 유나가 놀렸다.

"의외로 옛날 사람 같은 소리를 해."

"아냐. 의외로 이게 선진적이야."

물론 업종에 따라 다르겠지만 요즘은 매일 출근을 강요하는 회사가 많이 줄었다. 다이시에 따르면 매일 원격근무를 하는 사람보다 일주일에 몇 번이라도 출근하는 사람이 행복도가 높다는 조사 결과가 보고되었다고 한다.

"특히 젊은 세대는 커뮤니케이션이 부족하면 정신건강에도 좋지 않대."

인터넷 활용이 어려운 세대라면 모를까, 이십 대가 그렇다는 얘기에 놀란다.

"이해가 안 되네. 계속 재택근무를 하는 편이 당연히 스트레스가 없잖아."

자신의 경우를 대입해보며 유나가 말한다. 천연 소재의 잡화와 화장품을 취급하는 회사에서 인터넷 판매를 담당하는 유나는 집에서 일할 수 있다는 조건 때문에 지금의 회사를 선택했다. 근무 형태는 입사 당시부터 변함이 없다. 고객의 주문을 받고 배송지시를 한다. 제품은 회사와 멀리 떨어진 물류창고에 쌓여 있고 제품 출하는 다른 회사의 재고도 함께 취급하는 창고 측이 일괄해서 처리한다. 유나는 PC 앞에서 모든 업무를 수행할 수 있다.

팬데믹으로 다들 어려워진 상황에서 유나네 회사는 주문량이 폭증하고 매출이 껑충 뛰었다. 집콕하는 시간이 늘어나고 동시에 환경에 대한 관심이 높아지면서 유나네 회사처럼 온라인으로 판매하는 유기농 제품이 주목받게 된 것이다. 특히 화장품은 자사에서 독자 개발한 상품이 인스타 등의 SNS를 중심으로 퍼지면서 인기를 끌었다. 피부와 지구에 부담이 될 만한 것은 일절 사용하지 않는다는 것이 사장인 미나가미의 신조다.

'성분표가 한눈에 쏙'

일종의 표어처럼 구매 사이트에서도 강조하는 광고 문구다. 유나도 지금 회사에 입사하기 전에는 화장품이나 스킨케어 제품을 선택하는 데 성분 같은 건 신경 쓰지 않았다. 미백이나 보습 같은 기능성이 선택의 기본조건이었고 어떤 성분이 들어 있는지 알려고 하지도 않았다. 패키지를 보면 가까스로 읽을 수 있는 정도의 작은 글씨로 성분이 길게 나열돼 있다. 원래 그런 거라고 여기고 아무 의심도 하지 않았고 오히려 많은 성분이 들어 있는 게 효과가 있을 거라고 생각했다.

유나는 천천히 몸을 일으켜 세면대로 향한다. 차가운 물 온도에 놀라서 어깨를 움찔거리며 세수를 한다. 거울 옆의 문을 열어 진열돼 있는 몇 가지 화장품 중에서 자사의 화장수를 꺼내 들었다. 패키지 뒷면에는 채 열 가지가 안 되는 정도의 성분이 적혀 있다. 전부 자연 유래 성분이다. 이것이 고객들을 안심시킨다. 즉효성은 떨어져도 피부 본연의 기능을 끌어올리는 데 도움을 준다. 특히 알레르기에 민감한 고객들 사이에서 각별한 신뢰를 얻고 있다. 끈적임 없는 액체를 손바닥에 얹어 양손으로 흡수시킨다. 차가운 화장수가 이윽고 피부 체온에 가까워진다. 양손을 살짝 뺨에 얹어 천천히 얼굴 전체로 퍼트리자 희미한 라벤더 향기에 에워싸였다. 숨을 가볍게 들이마시면 몸 안에서부터 습도가 높아지는 기분이 든다. 다 쓴 화장수를 선반에 집어

넣는다. 라벨에 인쇄된 라벤더 일러스트는 유나가 그린 것이다. 판매 사이트에 올라가 있는 삽화와 아이콘, 선물용 포장지의 무늬 등도 유나가 작업을 도맡아 하고 있다.

내년 봄엔 새로운 페이스 오일이 발매된다. 패키지 디자인도 서서히 구체화해야 하는 시점이다. 머릿속으로 스케줄 관리를 하면서 유나는 거실 선반 옆 충전기에서 스마트폰을 빼냈다. 예전에는 침대 머리맡에 스마트폰을 두었는데 심심할 때마다 영상 등을 뒤적이다가 무심결에 아침을 맞이해버리는 일도 있었다. 원래 야간작업이 많고 저녁형 인간이지만 역시 밤낮이 완전히 뒤바뀌는 건 심신에 좋지 않다. 의식적으로 스마트폰을 멀리한 후로 잠들기 수월해진 걸 느낀다.

완충된 스마트폰에는 메시지 수신을 알리는 마크가 깜빡이고 있었다. 탭을 하자 남편이 보낸 사진이 여러 장 들어와 있었다.

도착하니 이런 풍경이 딱.

도호쿠는 벌써 단풍철일지 모르겠다고 말하고 떠났는데 예상이 적중했다.

엄청나네.

움직이는 이모티콘을 첨부하자 과장된 일러스트로 표현된 작은 새가 날개를 파닥거린다. 앱을 닫으려고 하는데 다른 메시지가 도착해 있는 걸 발견한다. 친정엄마다.

아즈사가 미키 데리고 놀러 온대. 다음 주 일요일인데 올 수 있니?

친정까지는 한 시간이 채 안 되는 거리다. 비막이용 덧문이 삐걱댄다거나 난로를 꺼내야 한다는 등 소소하게 도와드릴 일이 많아 자주 불려 가곤 한다. 쉬는 날은 여유롭게 지내고 싶지만 이제 젊지 않은 부모님을 위해 가능한 한 도움을 드리고 싶다는 생각은 늘 하고 있다.

응, 갈 수 있어요.

다음 주말에는 미대 시절 선배의 개인전을 도와주러 가기로 했지만 유나 외에도 도울 사람은 몇 명 더 있다. 미리 연락하면 하루 빠진다고 폐가 될 정도는 아니다.

오전에 와. 아기 보는 게 늙은 엄마 아빠는 힘들어.

OK. 엄지와 검지로 동그라미를 만든 오케이 이모티콘과 함께 답장을 보냈다. 스마트폰을 닫으려고 하는데 메시지가 계속 들어왔다.

미키 하나 됐을까.

아즈사 딸이 한 살이 됐느냐는 질문이다. 부모님과 메시지를 주고받는 데는 약간의 단어 보충이 필요하다.

아직이죠.

기억을 더듬어가며 답장을 보냈다. 어린 시절 친자매처럼 지냈던 아즈사가 출산 소식을 전해온 것은 막 봄이 되었을 무렵이다. 그보다 몇 달 앞서 보내온 연하장에는 그런 얘기가 전혀 없었기 때문에 깜짝 놀랐다. 아즈사는 유나보다 열두 살 아래다. 결혼 초부터 열심히 난임 치료를 받고 있다는 건 들어서 알고 있었다. 그 기간이 길어질수록 차츰 임신 이야기는 화제로 삼지 않게 되었다. 확실히 듣지 못했지만 몇 번인가 유산도 한 걸로 안다. 필시 무사히 태어날 때까지 불안해서 알리지 못했을 것이다. 축하 메시지를 보내자 배내옷에 쌓인 신생아 사진이 대량으로 도착했다.

곧 놀러 갈게.

그렇게 답장을 한다. 곧 갈지는 모르겠지만.

유나 언니가 우리 미쓰키 안아주는 거 보고 싶어.

틀린 부분 찾기 게임인가 싶을 정도로 비슷비슷한 사진들을 비교하며 살펴보니 미세하게 앵글이 다른 듯하다. 수개월 전에 그런 메시지를 주고받았던 것을 떠올리는 동안에도 엄마의 메시지가 줄기차게 이어졌다.

선물로 아기 옷이라도 살까 했는데 사이즈를 모르잖아.

신생아는 금방 커버려서 못 입게 되니까 옷은 그렇게 고마운 선물이 아닐 거예요. 역시 현금이지.

뭐니 뭐니 해도 현금이 최고다. 유나는 못을 박듯 말을 이었다.

아기 이름은 미쓰키야. 미쓰키. 실수하지 말고요.

엄마는 아무리 시간이 흘러도 아즈사의 딸 이름을 기억하지 못한다.

미키라고 불러도 되잖아.

엄마는 기억할 마음이 애당초 없어 보인다. 남들이 당신 딸을 유하나 유우하라고 틀리게 부르면 기분이 좋지 않을 거면서.

이름이 너무 안 외워져. 한자도 어려워서 머릿속에 안 들어와.

어떻게 읽으면 그렇게 되는 건지 머리를 쥐어짜야 할 정도로 애매모호한 이름들이 흔한 요즘으로 치면 미쓰키水摘輝는 그나마 나은 편이다. 일부러 외우기 힘들게 짓는 건 아닐까, 그런 생각마저 들 정도다.

아즈사의 본가는 조부모 때부터 대를 이어 양과자점을 운영한다. 화려하고 고급스러운 디저트를 파는 곳이 아니라 오래된 거리의 케이크 가게다. 가게는 유나네 집에서 비교적 가까운 곳에 있어서 생일이나 크리스마스 혹은 손님이 왔을 때마다 이용하다 보니 가족끼리 친해졌다. 외동딸인 아즈사를 유나네 집에 맡기는 일도 많았고 그럴 때는 유나가 항상 아즈사를 데리고 놀았다. 어릴 때부터 그림을 잘 그렸던 유나는 크레파스나 색연필을 이용해 아즈사가 좋아하는 캐릭터나 아즈사와 가족들의 얼굴을 그려주었다. 무남독녀인 유나는 "유나 언니" 하면서 따르는 아즈사를 볼 때마다 진짜 여동생이 생긴 것처럼 기뻤다.

아즈사의 고등학교 입학 즈음 아즈사네 가족은 외가가 있는 다른 현으로 이사를 했고 가게도 함께 이전했다. 그 후로도 교류는 계속 이어져 아즈사가 학창 시절 아르바이트를 하다 알게 된 상대와 결혼할 때는 유나네 식구들도 결혼식 초대를 받았다.

유나가 결혼한 것은 아즈사보다 나중의 일이다. 남편인 다이시와는 친구 소개로 알게 됐다. 10년쯤 전, 처음 만났을 때는 둘 다 삼십 대 중반으로 각자의 생활 기반이 이미

갖춰진 뒤였다. 각자 혼자 산 세월이 길어서 일일이 라이프스타일이나 취향을 맞춰야 할 필요성도 느끼지 못했다. 물론 결혼한 이상 그전처럼 자기가 원하는 대로, 내키는 대로만 지낼 수는 없다. 서로의 독립된 영역을 유지하면서 함께 살아가는 인생은 어느 정도 머릿속에 떠올릴 수 있었다. 하지만 거기서 더 나아가 새로운 가족을 이루고 인생을 재설계한다는 것은 상상하기 어려웠다. 그렇게 둘 다 일을 우선하며 바쁘게 지내느라 일찌감치 아이를 갖는 건 포기했다. 일단 결정하고 나니 오히려 삶의 모습이 그려져서 안정된 기분이 들었다.

부모님은 손주를 안고 싶었을까. 다이시는 사실 아빠가 되고 싶었을지 모른다. 이런 생각을 전혀 하지 않았다고 하면 거짓말이다. 유나는 새벽녘에 꾸었던 꿈의 진짜 의미에 대해 생각하고 있었다. 꿈은 심층 심리를 보여준다고 말하는 사람도 있고 눈을 뜨기 직전에 감지한 소리와 관련이 있다는 설도 있다. 물론 특별한 의미가 없을지도 모른다. 아이는 없어도 된다고 계속 생각하고 있었으니까. 하지만 꿈속에서 들떠 있던 기분은 여전히 유나의 의지와 무관하게 계속 춤추듯 맴돌고 있었다.

'실제로 임신하면 이런 기분일까.'

가상 체험을 해본 기분이다. 만약 이 나이에 출산을 한다면 작은 뉴스거리가 될 것이다. 웃음이 새어 나왔다.

소로리가 부엌에서 아까부터 손가락을 구부리며 중얼중얼 뭔가를 읊조리고 있습니다.

"잎새버섯, 만가닥버섯, 팽이버섯, 새송이버섯, 표고버섯, 양송이버섯……."

무슨 마법의 주문인가 싶어 들어보니 가을에 수확하는 버섯의 종류를 암송하고 있네요. 버섯은 카페 도도의 마당에서도 자라나곤 하는데요, 야생 버섯은 종류를 구분하기가 어렵습니다. 잘 모른 채 독이 든 버섯을 먹었다간 큰일 나지요. 그러니까 당연히 채소 가게나 마트에서 사 온 것을 사용합니다.

"버섯 타르트는 구워봤고."

네, 작년 가을에 카페 도도의 기본 메뉴인 양 자주 구웠어요.

"버섯 파스타, 버섯 구이, 버섯 카레도 괜찮겠다."

아, 전부 매력적입니다. 배 속에서 꾸르륵 소리가 날 것 같습니다.

"그리고 버섯 아히요(한국에선 감바스라는 명칭이 더 익숙하다-옮긴이)."

오일과 마늘 베이스에 버섯을 넣고 끓이는 스페인 요리 말이군요. 빵을 적셔 먹으면 정말 맛있잖아요.

"응? 아히요?"

소로리는 아무래도 어원이 궁금한지 얼른 사전을 펼쳐 봅니다.

"역시. 아히요는 스페인어로 잘게 썬 마늘이구나."

그건 몰랐던 사실이네요.

"화장품 고객 대상 설문조사 건인데 다음 달 1일부터 시작할 수 있을까요?"

온라인으로 진행되는 월요일 정례회의에서 사장인 미나가미가 유나에게 물었다.

"포맷은 완성돼 있으니까 시뮬레이션이 끝나면 바로 할 수 있습니다."

유나가 대답을 마치자 사장이 사카구치 다에코에게 질

문을 던진다.

"잡화 쪽은 어때요? 유기농 면 담요는 재고 확보가 가능할까요?"

"주문이 넘쳐나고 있습니다. 이 상태라면 주말에는 재고가 없어질 것 같으니 추가 발주를 서두르겠습니다."

요 며칠 갑자기 날씨가 추워져서일 것이다. 담요와 어깨숄의 주문이 급증했다. 온라인 판매는 주로 화장품을 담당하는 유나와 잡화류 전반을 담당하는 다에코, 두 사람 체제로 운영되고 있다. 다에코는 원래 상품개발과 바이어와의 조율 등의 업무를 담당했지만 2년 전 출산을 계기로 재택근무가 가능한 부서로 이동을 희망했다.

유나 혼자서 처리할 수 있는 업무량이긴 했지만 '모두가 일하기 좋은 직장 만들기'를 모토로 내세우는 미나가미는 다에코의 부서 이동을 흔쾌히 수락했다. 동시에 유나도 부서 이동 제안을 받았지만 역시나 재택근무를 고려하면 부서를 옮기는 선택지는 생각할 수 없었다.

"사카구치 씨가 온라인 업무를 보조하게 되면 도쿠나가 씨에게 일러스트와 디자인을 부탁하기 수월해지겠죠."

그렇게 미나가미가 결정을 내려준 덕분에 일하는 보람이 커진 것도 있다. 사이트와 패키지에 쓰이는 삽화는 사내에 그릴 수 있는 사람이 있으니 외주를 줄 필요가 없다는 소극적 이유에서 유나의 일이 되었다는 건 알고 있다. 그래도 그림을 그릴 수 있어서 기뻤다.

유나가 미대를 나와 처음 들어간 곳은 취업정보지를 외주 제작하는 업체였다. 거기 디자이너로 고용되었다. 지금이야 정보지 시장은 온라인으로 완전히 옮겨가는 바람에 오프라인에서 설 자리가 없어졌지만 유나가 입사했을 당시엔 광고주들도 지면을 더 중시했다. 흑백의 제한된 틀 안에서 얼마나 그 회사의 매력을 전달할 수 있는지가 관건이라 디자이너의 센스가 그만큼 중요했다. 유나는 폰트 선택과 들어가는 일러스트에 밝고 산뜻한 이미지를 잘 구현했다. 열심히 일한 만큼 결과가 좋아 회사는 일괄 발주를 받는 일이 많았고 유나를 개인적으로 지명하는 거래처도 있었다.

그러나 적은 인원으로 매주 출판되는 잡지의 레이아웃 작업은 쉬운 일이 아니었다. 게다가 최신 정보를 다루는 정보지다. 마감 일정은 항상 빡빡했고 인쇄 직전에 내용이 바뀌는 일도 다반사였다. 언제든 만반의 대응을 위해 과장이 아니라 말 그대로 24시간 일한 적도 있었다.

사십 대에 들어설 무렵 아니나 다를까 몸에서 신호를 보냈다. 아니, 몸보다 먼저 마음이 부담감을 느꼈다. 언제나처럼 출근하려고 나섰는데 한 발짝도 움직일 수 없었다. 회사를 반년 정도 쉬고 나서 다시 복귀할 수 있었던 건 그나마 다행이었다. 지금처럼 일하는 건 그만두자. 그렇게 결심하고 지금의 회사로 전직했다.

남편 다이시는 유나의 휴직 동안 부담 주지 않는 선에서 평소와 다름없이 대해주었다. 일상으로 자연스럽게 돌아올 수 있었던 건 그의 대범한 성격 덕분이었다고, 지금도 고맙게 생각하고 있다.

그 주말, 활짝 갠 청명한 가을 하늘이 펼쳐졌다. 아즈사에게 줄 선물을 사다 달라는 엄마의 부탁을 받고 중간에 터미널 역에서 내린다.

보존기간이 길고 개별포장 된 걸로. 아기는 먹지 못해도 괜찮지만 단맛을 좋아하는 사람이나 그렇지 않은 사람 모두 즐길 수 있는 것. 미하루 양과자점에서 파는 종류 빼고.

엄마의 요구는 꽤 까다롭다. 미하루 양과자점은 아즈사

네 본가가 운영하는 케이크 가게의 이름이다. 비슷한 걸 사면 실례가 된다는 건 유나도 모르는 바 아니다. 유나는 인터넷으로 검색해서 일본 전통 과자를 현대식으로 만든 제품을 찾아냈다. 그 가게와 가장 가까운 게 이 터미널 역이다. 사방이 원목 격자문으로 둘러싸여 청량감이 느껴지는 대로변의 가게는 금세 눈에 띄었다. 거기서 마롱 글라세에 밤소를 가득 묻힌 과자를 사서 조금 떨어진 지하철역으로 향한다. 지름길인가 싶어 뒷길로 가본다. 지나가다 보니 숨은 아지트 같은 분위기의 카페 앞에 간판이 나와 있다. 오늘의 추천 메뉴로 '버섯 아히요'라고 적혀 있다.

"벌써 이런 계절이구나."

사십 대가 된 다음부터 한 해가 너무 빨리 지나가는 것 같다. 게다가 최근 3년 가까이 이어진 팬데믹으로 시간이 허공에 붕 떠버린 느낌이 들어 마음이 조급해진다.

하늘에는 물고기 비늘 같은 작은 구름들이 물결 모양으로 깔려 있다. 좀 일찍 시치고상(음력 11월 15일에 3세, 5세, 7세 아이들이 잘 자라도록 축원하고 사진을 찍어주는 일본의 전통 행사-옮긴이) 행사를 치르는 듯 나들이옷을 차려입은 가족과 마주친다. 날씨가 좋아서 다행이야, 라고 마음속으로 축하 인사를 건넸다.

친정집 현관에서 신발을 벗고 있으니 아버지가 마중을 나온다.

"왔구나. 엄마가 아까부터 기다리고 있다."

유나가 피곤하다는 듯 '아이고' 소리를 내며 부엌에 얼굴을 비추자마자 엄마가 물어본다.

"테이블보는 어느 쪽이 좋을까?"

보자마자 의논 거리다.

"이게 낫지 않나?"

손에 든 두 가지 테이블보 중 유나가 대충 새먼핑크를 가리키자 엄마는 곤란한 듯 한숨을 쉰다.

"근데 아기 때문에 때가 타면 어쩌지. 이거 내가 좋아하는 건데."

"그럼 꽃무늬로 해."

그렇게 말하며 유나가 또 한 장을 만지자 엄마는 역시 그렇지, 하고 고개를 끄덕이며 총총히 테이블 위에 펼친다. 결론인즉슨 동의를 얻고 싶었던 거다.

"밥은 다카사고 스시에서 배달시키고 후식은 과일로 하려고."

손님 맞을 준비는 다 끝났다. 엄마가 부엌에서 들고 나온 과일 접시에서 유나는 눈을 떼지 못한다.

"샤인 머스캣? 돈 좀 쓰셨네요."

알이 굵은 연두색 포도 두 송이가 접시 한가운데 놓여 있고 나머지 자른 과일들이 주변을 둘러싸고 있다.

"어른 두 사람이 먹을 양이면 이 정도로 충분하겠지."

꽃무늬 테이블보와 포도색이 잘 어울린다. 미리 어울리는지 확인까지 했을 것이다. 엄마가 만족스럽게 바라보고 있다.

"두 사람?"

일단 꺼냈던 접시를 냉장고에 다시 집어넣고 있는지 엄마의 목소리가 부엌에서 울리듯 들려왔다.

"응, 남편도 같이 온대."

아즈사와 남편. 그리고 나와 우리 부모님. 어른은 모두 다섯 명이지만 애당초 우리는 샤인 머스캣을 먹을 수 있는 머릿수에 포함되지 않았나 보다. 엄마가 서둘러 준비하는 동안 아버지는 여유롭게 스테레오 앞에 서서 배경음악으로 틀어놓을 레코드를 고르고 있다. 손님 초대를 좋아하는 엄마와 조용하지만 사람을 좋아하는 아버지. 손님이 오기 전 늘 펼쳐지는 풍경이다.

약속한 11시 반 정각에 현관 인터폰이 울렸다. 아즈사는 결혼 후에도 부부끼리 몇 번인가 유나네 친정을 방문했지만 그렇다고 해도 몇 년 만인가. 현관에 나타난 아즈사는 완전히 성숙한 여인의 모습이다. 가끔 만나긴 했지만 머릿속 기억은 전혀 갱신되지 않는다. 처음 만났던 시절에서 그대로 멈춰 있다.

그런데도 천연 소재 원피스를 입은 모습에는 초원에서 꽃이라도 따다 온 것처럼 소녀다운 분위기가 남아 있다. 아즈사의 팔 안에서 포대기에 싸인 아기가 뱅그르르 자세를 바꿨다.

"좀 졸린가 봐."

"눈이 크네. 아즈사 닮아서 미인이 되겠어."

일단 엄마를 닮았다고 말하는 게 정답이라고 알고 있다. 솔직히 아기 얼굴 같은 건 별 차이가 없다. 앞으로 계속 변해간다. 유나가 아기를 들여다보고 있으니

"한 번 안아봐."

아즈사가 아기를 유나에게 건네려고 한다. 고개는 잘 들까, 잘못해서 떨어뜨리진 않을까, 어떻게 안아야 할지 당황스럽다.

"응응, 이따가."

"유나 씨에게 미쓰키 보여주고 싶다고 계속 얘기했어요."

차를 주차장에 세우고 막 들어온 아즈사의 남편 고이치

가 신발을 벗으며 웃는다.

"그거야, 유나 언니는 미쓰키 이모잖아. 그치?"

아즈사가 다정다감한 목소리로 아이에게 말을 건넸다.

"이모?"

"유나 언니 동생 딸이니까."

무남독녀인 유나는 누군가에게 이모라고 불리는 게 어쩐지 낯설고 어색하다.

"그렇지."

웃는 얼굴이 굳어지지 않기를 바라면서 유나는 거실에서 현관까지 나온 엄마의 안색을 살핀다. 엄마는 한 번도 본 적 없는 온화한 미소를 얼굴 가득 띄운 채 넘칠 것 같은 자애심 충만한 눈길을 미쓰키에게 쏟으면서 말한다.

"그럼, 이모 맞지."

거실에 앉고 나서 아즈사가 아기를 고쳐 안고 부모님께 얼굴을 보여주었다.

"두 분은 미쓰키 할머니, 할아버지나 마찬가지잖아요. 손주라고 생각해주세요."

그런 말을 들으면 부모님 기분이 상하진 않을까 생각했는데 의외로 아버지도 엄마도 기쁜 표정이다.

"갑자기 이렇게 귀여운 손주가 생겼네."

엄마의 경쾌한 목소리가 거실 안을 떠다녔다.

"진짜 우리 집에 온 것 같아요."

러그 위에서 다리를 풀며 아즈사가 편안한 미소를 보였다. 12시가 되자 근처 다카사고 스시에서 배달이 왔다. 초밥통에 담긴 초밥을 집어 먹으며 아즈사가 미쓰키를 낳기까지 고생한 이야기를 했다. 임신한 상태에서도 유산될 위험이 있었다는 이야기를 생생하게 듣고 있으니 몸 어딘가가 아픈 것 같은 감각에 휩싸였다. 출산 경험이 없는 유나는 그 자리에서 도망치고 싶어진다. 고이치는 가져온 물을 익숙한 손길로 미쓰키에게 먹이고 있다.

"아빠가 아기를 잘 보는구나."

그 모습을 보고 엄마가 눈웃음을 지었다. 아버지는 "나는 아무것도 안 했는데"라고 자랑거리도 안 되는 말을 의기양양하게 했다. 식후에 엄마가 과일 접시를 내놓자 아즈사의 목소리 톤이 높아졌다.

"와, 이거 미쓰키가 아주 좋아해요."

"벌써 먹을 수 있어?"

엄마가 놀라서 눈을 동그랗게 뜬다.

"네. 이제 곧 7개월 되니까요. 조금씩 이유식도 시작하고 포도도 잘게 으깨면 괜찮아요."

아즈사는 능숙하게 껍질을 벗겨나간다. 식사 전에 낸 홍차 컵 받침에 올려놓고 숟가락으로 잘게 부수니 과즙이 컵 받침에 넓게 퍼졌다. 형체가 사라진 샤인 머스캣을 아즈사가 갖고 온 유아용 숟가락으로 떠서 미쓰키의 입에 넣는다. 맛을 아는지 미쓰키가 만족스러운 표정으로 입을 오물거렸다.

"어머나, 참 잘 먹네."

엄마가 과장되게 감탄의 목소리를 높였다.

배가 부른지 팔에 안긴 채 쌔근쌔근 잠들어버린 미쓰키를 고이치가 다다미방에 데리고 간다. 엄마가 바지런히 비치타올을 깔자 고이치가 살짝 팔을 기울여 미쓰키를 눕혔다. 그 모습을 거실에서 보고 있던 유나에게 아즈사가 목소리를 낮추면서 물었다.

"다이시 형부는 오늘 혼자 집에 있어?"

"화요일까지 출장이야."

"또 출장이야?"

엄마가 질린 듯이 말한다.

"그렇게 출장만 다니니까 아이가 생길 리 없지."

결혼 전에는 조금만 늦게 들어와도 시끄럽게 뭐라고 하

더니 결혼하고 나선 아이니 임신이니 하는 잔소리가 이어진다. 뭐라고 대답해야 할지 곤란하다.

딱히 대꾸하지 않고 있으니

"제 친구 중에도 아이 없이 사는 부부가 있는데 늘 애인처럼 사이가 좋아요. 아이가 없어도 행복한 부부 많아요."

고이치가 과일 접시에 손을 뻗으며 천진난만한 웃음을 보였다.

"우리도 이번에 잘 안 됐으면 포기하기로 서로 얘기한 상태였어. 아이 없는 인생이라도 행복해지는 방법을 찾아보자고."

가슴에 손을 얹으며 아즈사가 말하자 고이치도 얼굴을 마주하며 고개를 끄덕인다.

"우리는 어쩌다 운 좋게 생긴 거니까요."

고이치가 득의양양한 미소를 유나에게 보였다. 유나가 부엌에 서서 차를 준비하고 있으니 아즈사가 "도와줄게" 하면서 옆에 와서 선다.

"고이치 씨는 정말 좋은 아빠 같아. 저렇게 바지런히 아이를 돌봐주는 모습을 보니 마음이 놓인다."

미쓰키가 자고 있는 방에 앉아 담요를 덮어주는 고이치를 힐끗 보면서 유나가 말한다. 생각지 못한 침묵이 잠시 이어지고 아즈사는 작게 고개를 끄덕였다. 그때부터 아즈사는 입을 다문 채 쓸쓸한 표정을 지었다. 어색한 침묵을 깨기 위해 유나가 밝은 표정으로 말을 건넸다.

"어렵게 가진 만큼 아기 너무 예쁘지?"

"응. 미쓰키한텐 뭐든 해주고 싶어. 본인이 원하는 방향으로 느긋하게 키우고 싶어. 그래서 나도 모르게 너무 오냐오냐하게 돼."

변함없이 예전의 사랑스러운 미소를 보여주는 아즈사를 보면서 안심한다. 찻잔을 준비하는데 아즈사가 머뭇거리며 말했다.

"혹시 괜찮으면 내가 다녔던 난임 병원 선생님 소개해줄까? 사십 대 출산이라도 포기할 필요 없어."

도쿄에 있는 병원이라는데 지금도 정기검진을 다닌다고 한다.

"우리는 딱히."

유나는 적당히 얼버무린다.

"한 번 형부하고 검사를 받아보는 건 어때? 불임이라는 게 남자가 원인인 경우가 의외로 많대."

악의는 없다. 본인은 좋은 뜻에서 이야기해주는 것이다. 쓸데없는 참견이라고 말하긴 어렵다. 결혼한 부부에겐 아이가 있는 게 당연하다는 분위기가 여전히 만연한 건 왜일까. 시대가 바뀌었고 남녀가 평등하게 사회에서 자기 역할을 다하는 것에 의문을 품는 사람은 없는데, 왜 아이에 관한 건 '있다'가 전제일까.

"없어도 괜찮아" "없이 사는 것도 좋지"라는 말들을 위로랍시고 하지만 사실은 애당초 위로받을 이유가 없는 거다. 그런데도 왜 아이가 없는지, 아이를 낳지 않겠다는 길을 왜 선택했는지, 그 이유를 설명해야 하는 상황이 계속 펼쳐진다. 그렇다고 부자연스러울 정도로 배려 받는 상황도 귀찮다. 유나가 입을 다물고 있으니 아즈사가 화제를 바꿨다.

"유나 언니네 회사 화장품이 요새 인기가 아주 많던데?"

패키지 디자인에 유나가 관여하고 있다는 걸 알고 인터넷에서 일부러 찾아봤나 보다.

"민감성 피부를 가진 사람이나 유기농에 대한 인식이 높은 사람들이 많이 찾는대."

"나도 관심 가더라."

아즈사가 말했다.

"자연 유래 성분으로 아기들도 안심하고 쓸 수 있으니까. 샘플 좀 보내줄까?"

가족이 함께 쓰는 고객들도 많다. 관심이 간다고 하니 잘 써주면 기쁘겠다고 유나가 말했다.

"고마워. 근데 미쓰키는 지금 산부인과에서 알게 된 아기엄마들이 소개해준 베이비 화장품을 쓰고 있어서."

완곡하게 거절당했다. 마치 자신이 부러 영업이라도 한 것처럼 부끄러워진다.

'나도 관심 가더라.'

편리한 말이다. '갖고 싶다'도 아니고 '사고 싶다'도 아니고 단지 관심이 간다는 것뿐이다. 어딘가 위에서 내려다보는 시선처럼 느껴져 불쾌한 뒷맛만 남았다. 거실로 돌아가니 줄기만 남은 포도 잔해가 그릇 위에서 아무렇게나 굴러다닌다. 그 옆에 으깨진 포도알이 너저분하게 흩어져 있다.

"많이도 먹었네."

유나는 가만히 그릇을 테이블 가장자리로 밀어놓고 찻잔을 놓았다.

카페 도도의 마당에 각양각색의 잎들이 떨어지는 계절이 왔습니다. 대나무 빗자루를 한 손에 들고 소로리는 마당 한가운데에 오도카니 서 있습니다. 작년에는 쌓이는 낙엽을 아마 마당 전체에 펼쳐놓았던가요. 낙엽 카펫 위에 손님이 앉아 있기도 했고요. 시간이 참 빨리 가네요. 빗자루로 고르게 낙엽을 펴는 모습을 지켜보는데 아니, 아무래도 전혀 다른 걸 생각하고 있는가 봅니다. 빗자루를 이용해 낙엽들을 한곳에 모으고 있습니다.

"음. 모닥불 피우고 싶다."

그러나 이곳은 불을 피우기엔 좀 작은 공간입니다. 바람도 강하고 불길이 번지면 위험합니다. 소로리도 그 정도는 알고 있겠죠.

"여기에 모아둘까."

그러면서 마당 한 편에 놓인, 나무토막으로 만든 상자 안에 손으로 잘 모아서 담습니다. 낙엽이 아주 많은 것처럼 보이지만 상자의 절반도 채우지 못했습니다. 소로리는 상자를 들여다보고 "아직 멀었구나"라며 어깨를 축 늘어뜨렸습니다.

이 상자를 가득 채우려는 걸까요. 그러려면 시간이 좀 걸릴 것 같습니다.

판매 사이트에 이상한 글이 올라온 건 도쿄에서도 은행잎이 떨어지기 시작할 무렵이었다. 유나는 평소보다 일찍 가을이 깊어졌음을 실감하고 있었다.

'원산지의 상황은 알고 계십니까?'

개발 중인 페이스 오일의 소개 기사를 실었을 때다. 사이트 내의 블로그 페이지는 의견을 올릴 수 있게 오픈돼 있다. 문의사항 전용 창이 있어서 성분이나 출고, 재고 상황 등의 구체적인 질문은 그쪽으로 모인다. 누구나 읽을 수 있는 블로그에는 대개 신제품 소개 정보를 올리면 '패키지가 예쁘네요'라든가 '선물하고 싶어요' 같은 평범한 댓글이 달린다. 이런 심각한 내용은 흔치 않지만 어쨌든 유나네 회사가 화장품에 사용하는 원료는 무농약 농장에서 재배한 것이다.

'의견 감사합니다'라고 적은 다음 숨김없이 원산지명을 적어 답글을 올렸다.

'현지의 노동 환경에 문제가 있을지 모릅니다. 게다가 배송과 제조 단계에서도 꽤 많은 양의 이산화탄소가 배출되고 있을 것입니다.'

순식간에 대댓글이 달렸다.

클레임이 아니라 어디까지나 의견이라는 표현을 쓴 건 다행스럽지만 어쨌거나 곧바로 사장에게 보고가 올라갔다. 거래처를 통해 조사해본 결과 게시글의 내용이 맞다는 게 밝혀졌다.

그린워시. 애당초 친환경이라고 널리 광고하는 제품들이 원료 조달부터 폐기까지 전 과정을 살펴보면 진짜 의미의 친환경이 아닌 경우를 말한다. 예를 들어 에코백을 제조, 판매하는 데 발생하는 이산화탄소의 양은 인조가죽 백을 만드는 데 필요한 양의 50에서 150배에 이른다고 한다. 유나도 TV 프로그램을 통해 이 사실을 알고 깜짝 놀랐다.

"환경에 좋은 거라고 해서 했던 일들이 전부 무늬만 친환경이었다니."

애용하던 커피숍의 재활용 컵도 처분했다. 그런 일이 설마 우리 회사의 제품에서도 일어나고 있으리라곤 상상도 하지 못했다. 충격을 받은 건 당연했다. 사장인 미나가미도 마찬가지였다.

"포함된 성분과 재료에만 신경 쓰느라 실제 가공 단계에 이르는 과정까지 미처 주의를 기울이지 못했네요."

판매 사이트상에서 상황을 설명한 뒤 진심으로 사과하

고 나아가 긴급 개최된 전직원회의에서 직원들에게까지 머리를 숙였다. 대응이 빨랐던 점 그리고 그때까지 쌓아 올린 기업 이미지 덕분에 다행히 큰 피해는 없었다. 성심성의껏 설명하고 용서를 비는 모습에 고객들은 클레임을 걸기보다 격려와 응원의 메시지를 보내주었다. 그래도 당분간은 화장품 판매를 중단하고 잡화 쪽만 유지하게 되었다. 개발 중이던 페이스 오일도 일단 백지화됐다. 진정성 있는 신속한 대응은 역시 미나가미다웠다.

다만 미나가미로부터 '할 말이 있다'는 메시지가 왔을 때 유나는 어쩐지 나쁜 예감이 들었다. 판매 사이트에서 화장품이 사라진다. 현재 인원이 과하다는 건 명백한 사실이었다.

예상대로 '인터넷 판매 담당은 사카구치 씨만 남게 되었다'는 통보를 받았다. 경비 절감과 유통비용 개선 등 인원을 줄이지 않는 방법을 열심히 찾아보았다고 한다. 그런데도 감원을 할 수밖에 없는 사정은 유나도 충분히 이해할 수 있었다. 차선책으로 유나에게는 일러스트와 디자인을 계속 맡기고 싶다며 프리랜서 계약을 제안했고 유나는 받아들였다. 인터넷 판매 이외의 부서에서도 몇 명이 퇴직 권고를 받았다고 한다.

"내 능력이 부족했어요."

미나가미의 얼굴이 일그러졌다. 힘든 결단이었다는 게 느껴졌다. 그 후 다에코를 포함해 세 명이 참석하는 온라인 회의가 열렸다. 화장품은 유나 담당이었기 때문에 이렇게 된 건 어쩔 수 없다. 하지만 애초에 유나 혼자 맡고 있던 업무에 다에코가 중간에 들어온 것 아닌가. 이대로는 억울하다는 마음이 화면 너머로도 전해졌을 것이다.

"죄송합니다. 제 처지가 이래서."

다에코가 얌전히 시선을 떨구었다.

"실은 사내에 공표하진 않았지만 사카구치 씨가 싱글맘이에요."

미나가미가 심각한 표정으로 목소리를 깔고 말했다.

"싱글맘이요?"

전혀 몰랐다. 깜짝 놀란 유나가 되물었다.

"아이가 태어나고 바로 이혼했어요."

본가의 도움을 받으며 혼자 육아를 하고 있다고 다에코가 말한다.

"그랬군요. 싱글맘이 숨길 일은 아니니까요."

유나는 격려 차원에서 불쑥 입을 열었다.

"본인 일이 아니라고 그렇게 얘기하시면 좀 그렇죠. 도쿠나가 씨는 그림을 그릴 수 있으니 저보다 낫잖아요. 저는 다른 능력도 없고요."

다에코는 내뱉듯이 말했다. 그림으로 먹고살 수 있을 만큼의 실력이 있었다면 자신도 벌써 독립했을 것이다. 비꼬는 것처럼 들렸다. 유나는 오갈 데 없는 자신의 처지에 울컥했다.

"아이를 키워야 하니까 정기적인 수입이 필요해요."

미나가미가 다에코의 편을 든다. 어르고 달래는 듯한 사장의 말을 듣고 있자니 분했다.

"왜 아이가 있다는 이유로 우대받아야 하는 거죠? 저도 남편 혼자 벌게 되면 전혀 여유가 없어요."

동정심을 기대한 건 아니다. 다만 유나의 사정도 이해해 주었으면 하는 마음에 자연스럽게 말투가 강경해졌다.

"먹고살 수 없을 정도는 아니잖아요. 아이도 없고 맞벌이를 한다는 건 제 입장에서 보면 사치예요."

험악한 얼굴로 쏘아붙이는 다에코에게 유나는 되돌려줄 말이 없었다. 인수인계에 대해서는 나중에 다시 조정하겠다는 미나가미 사장의 말을 신호로 화면이 꺼졌다. 퇴직하는 것은 유나다. 온라인이 아니었다면 얼굴을 보면서 좀 더 배려하며 대화를 나눴을까. 아니면 온라인이라서 그나마 서로에게 얕은 상처만 입히고 끝난 걸까. 화면을 닫으면 일상으로 바로 돌아올 수 있다. 하지만 상처는 그 자체로 계속 아프다.

유나는 언젠가 꾸었던 출산의 꿈을 떠올리고 있었다. 그때 꿈에서 깬 후 느꼈던 마음의 동요처럼 뭐라 정리할 수 없는 기분만이 부유하고 있었다.

오늘 밤도 다이시는 출장으로 집을 비웠다. 마트에 갔더니 가게 입구 쪽에 다양한 버섯들이 가득 나와 있었다. 가격은 적당한데 조리법이 떠오르지 않는다. 반찬 매대를 둘러봐도 매력적으로 느껴지는 게 없다.

"버섯 아히요…… 어떨까."

문득 그런 요리가 뇌리를 스친다. 아즈사에게 줄 선물을 사러 갔을 때 지나가다 눈에 들어온 카페 간판에 적혀 있던 메뉴다. 프리랜서 계약을 맺게 되면 수입이 줄어든다. 다른 아르바이트를 찾아야 한다. 퇴직금과 실업급여를 받을 수 있을지 모르지만 당분간 절약할 필요가 있다. 하지만 1인분만 만드는 재료비와 수고를 생각하면 외식을 하는 편이 오히려 싸게 먹힐 수도 있다. 일단 옆구리에 끼고 있던 마트의 장바구니를 제자리에 가져다 놓고 마트에서 나온다. 터미널 역으로 향했다.

역내의 옷 가게에 사람들이 줄을 섰다. 뭐지? 가까이 가보니 매장 앞에 '친환경 주간'이라는 커다란 벽보가 붙어 있었다. 쓰던 화장품이나 안 입는 옷을 가져오면 쿠폰을 받을 수 있다고 한다. 빽빽하게 채운 종이가방과 에코백을 몇 개씩 안고 줄을 선 대다수는 젊은 사람들이다.

심플함을 강조해 더욱 세련되게 보이도록 꾸민 젊은 사람들의 면면에선 자신감이 넘쳐흐른다. 매장의 포스터에 스마트폰 카메라를 갖다 대는 사람도 많다. 자신이 지구를 위해 옳은 일을 하고 있다고 아무 의심 없이 믿는 그들의 모습을 멀리서 지켜보며, 유나는 그린워시에 대해 생각하고 있었다. 겉멋만 남은 친환경주의를 방지하려면 그게 정말로 올바른 친환경인지 의문을 품는 게 중요하다. 소비할 때뿐 아니라 제조와 공급 과정에까지 주의를 기울일 필요가 있다. 유나는 고객이 올린 글을 계기로 그린워시에 관해 알아보면서 지금까지 겉멋뿐인 친환경을 실천하며 우월감에 젖어 있었다는 걸 알게 되었다.

역에서 나와 언덕길을 올라간다. 아히요 메뉴가 적혀 있던 카페는 확실히 큰길가에서 옆 골목으로 들어간 곳에 있었다. 기억을 더듬으며 걷다 보니 간판과 마주쳤다.

"카페 도도라는 곳이구나. 예쁜 이름이네."

가게 이름 밑에는 '1인 전용 카페'라고 덧붙여 놓았다. 아이 동반은 어떻게 될까. 그런 쓸데없는 것들을 생각하다가 '분명 노키즈존이겠지'라고 멋대로 결론을 내린다. 몇 가지 메뉴와 함께 적혀 있는 오늘의 추천 메뉴는 지난번과 마찬가지로 버섯 아히요. 반가운 마음에 혼자 싱글벙글 웃으며 가게로 이어지는 골목길로 들어가려는데 '어?' 새삼 간판을 다시 보게 됐다. '버섯'이 아니라 '어제'로 바뀌어 있다.

"어제의 아히요라고? 잘못 적었겠지."

골목 안으로 들어가니 아담한 마당이 나타났다. 주변의 울창한 나무들은 노랑과 빨강으로 옷을 갈아입었고 여기저기 낙엽이 흩어져 있다. 테이블도 나와 있으니 이 자리도 손님용일지 모른다. 해가 지고 쌀쌀해지긴 했지만 자연으로 둘러싸인 곳에 앉아서 식사를 하는 것도 기분 좋을 것 같다. 그렇게 생각하면서 가게인 듯한 건물로 향한다. 낡은 단독주택의 문은 하늘색이고 둔탁한 금색 손잡이가 달려 있었다. 끼익, 하는 소리를 내며 문을 열자 키 큰 남자가 얼굴을 내밀었다.

“어서 오세요. 카페 도도에 오신 걸 환영합니다.”

약간 어두운 가게 안에 손님은 없어 보인다.

“밖에 앉아도 될까요?”

그렇게 유나가 물어본다. 남자는 기분 좋게 안내해주면서 이 가게 주인이라고 알려준다. 소로리라는 애칭으로 불린다며 자기소개를 한다. 마당 한구석에 놓여 있던 철제 의자에 앉으면서 유나는 가게 주인인 소로리에게 간판에 대해 지적한다.

“그런데 밖에 메뉴 이름이 잘못 적혀 있었어요. 버섯 아히요가 아니라 어제 아히요라고요.”

“아니요. 잘못 적은 거 아니에요.”

소로리의 뺨이 불끈 솟아올랐다.

“어제의 아히요가 맞는 거라고요?”

유나가 다시 물어보자 주인은 확신에 찬 모습으로 고개를 크게 끄덕였다.

“어제의 아히요가 맞아요. 드시겠습니까?”

‘어제의 카레’는 들어본 적 있다. 카레는 오래 끓이고 난 다음 날이 더 맛있다고들 한다. 그렇다면 어제의 아히요 역시 맛이 더 깊어진다는 뜻일까. 주문을 마치고 새삼 주변을 둘러보니 마당 안쪽에 나무 상자가 놓여 있었다. 뭐지? 자리에서 일어나 들여다보니 안에는 낙엽이 가득 쌓여 있다.

어디선가 달그락거리는 소리가 들려 고개를 들었다. 바구니가 줄을 따라 움직이고 있다. 도르래를 이용해 부엌에서 바깥 테이블까지 요리를 운반하는 구조다. 가게 안의 기둥과 마당 한가운데 서 있는 느릅나무 줄기를 밧줄로 연결해놓았다. 어설프게 흔들리며 움직이는 모습이 의외로 뭔가 더 건강해 보인다. 가게 안에서 소로리가 얼굴을 내밀며 "직접 꺼내시면 됩니다"라고 말을 건넸다. 유나는 자리로 돌아와 바구니를 도르래에서 빼낸다. 안에는 접시에 담은 파스타 요리 외에 커틀러리 세트와 담요 그리고 초와 라이터가 들어 있었다.

서둘러 테이블 세팅을 하는 사이 유나는 불현듯 깨달았다.

"아니, 파스타네?"

아히요를 주문했는데. 하지만 아무래도 상관없었다. 버섯 파스타 위에 녹색 잎들이 흩어져 있다. 파슬리인가 생각했지만 그보다 향이 강하다. 먹어보니 독특한 풍미가 있다. 잘게 다진 고수다. 먹지 못하는 사람들도 많다고 하는데 유나는 아주 좋아한다. 마늘이 들어가 있어서 복잡한 감칠맛도 느껴진다. 심플해 보이지만 응축된 맛이 난다.

유나는 갈릭 오일에 버무린 버섯 파스타의 맛을 찬찬히 음미하면서 다에코에게 했던 말들을 떠올리고 있었다. 아이가 있는 게 당연하다는 말을 들으면 정작 본인은 싫어하면서, 아이가 있어서 우대받는다는 단정적 말들을 다에코에게 쏟아붓고 말았다. 결혼한 사람이 혼자 살아서 좋겠다고 가볍게 말하는 거나 그 반대의 경우나 배려 없는 말인 건 매한가지다. 실제 그 입장이 되어보지 않으면 알 수 없는 일도 많을 텐데 아무렇지 않게 그런 말들을 입 밖으로 쏟아내곤 한다.

그래도 가끔 생각할 때가 있다. 아이가 있는 사람은 그게 삶을 지탱하는 이유가 될 것이다. 아이가 없는 우리는 어떨까. 유나는 부모님이 돌아가신 이후의 일들을 상상한다. 만약 자신이 이 세상에서 사라지면 다이시는 쓸쓸해하겠지만 그게 전부다. 자신의 존재 의미는 무엇일까.

열심히 진지하게 하던 일에서도 한순간에 내쳐지고 말았다. 나를 대신할 사람은 얼마든지 있는 법이다. 내가 아니면 절대 안 되는 그런 일은 세상에 없겠지, 생각하면 발밑이 후들거린다. 그래서 유나는 남편이 있고 아이는 없다는 이유로 정직원에서 제외된 그 상황을 받아들일 수 없었다.

하지만 일뿐 아니라 육아를 비롯한 여러 부담을 짊어지고 있는 여자들은 많은 스트레스에 노출되어 있다. 그런 점을 이해하고 배려하지 못한 건 아닐까. 유나는 아즈사가 친정집 부엌에서 찰나에 보였던 쓸쓸한 표정을 떠올렸다. 아이를 잘 본다며 남편을 칭찬했을 때였다. 아즈사는 뭔가 호소하고 싶었는지 모른다. 육아 때문에 힘들어하고 있었을지도 모른다.

물론 쓸데없는 걱정일 수도 있다. 유나가 조언할 수 있는 일은 한정돼 있다. 하지만 그 자리에서 좀 더 따뜻하게 말할 수 있었을 텐데. 그런데도 유나는 먹다 남긴 포도 찌꺼기를 보며 "많이도 먹었네"라고 배배 꼬인 말을 했다. 그건 부부에게 아이가 있다는 걸 전제로 자신에게 이야기하는 사람들과 마찬가지로 전혀 상대를 배려하지 않는 행동이었다.

작은 일일수록 세심하게 알아차리고 배려할 수 있어야겠다. 유나는 눈앞에서 흔들리는 촛불을 보며 다짐했다.

유나가 바구니에 다 먹은 식기를 넣고 있으니 소로리가 가게에서 나왔다.

"어제의 아히요, 어떠셨나요?"

"파스타였어요."

부드럽게 소로리의 말을 정정했다.

"네네. 어제 만들어둔 아히요 오일에 파스타를 추가한 거예요."

마지막에 태국식 피시소스 남플라를 넣었다고 하는데 그게 맛에 풍미를 더한 듯하다. 주문을 잘못 받은 게 아니며 게다가 아히요는 원래 잘게 썬 마늘을 의미한다고 어원까지 알려주었다.

"어쩐지 마늘 맛이 풍성했어요."

"어제의 맛을 다시 한 번 즐길 수 있죠. 그래서 이건 시간을 되돌리는 아히요입니다."

주인은 기쁜 듯 눈웃음을 지었다.

"시간을 되돌리는 거군요. 할 수 있다면 되돌리고 싶네요."

유나는 시간을 되돌려 동료에게 했던 말들을 지우고 싶다며, 3자 회의에서 있었던 일을 소로리에게 이야기했다. 숲과 같은 이곳의 공기가 그렇게 만들었을까. 속마음을 처음 만난 사람에게 털어놓는 일은 거의 없는데 왠지 자연스럽게 이런저런 말이 튀어나왔다.

"저 역시 멋대로 단정적인 말을 하는 사람이 싫으면서

내가 상대방에게 똑같은 말을 하다니, 너무 한심해요."

"입장이 바뀌면 생각도 바뀌죠. 그건 어쩔 수 없는 일이에요. 알지 못했던 걸 알아가는 것, 그게 중요합니다."

알지 못했던 것을 알아간다……. 유나는 그 말을 듣고 방금 역에서 마주친 캠페인을 떠올렸다. 쓰던 화장품이나 의류를 회수하는 것 자체는 훌륭한 행위라고 생각한다. 다만 어디까지가 진짜 환경을 위한 것인지 알지 못했을 뿐이다. 하지만 알지 못하는 것이 얼마나 창피한 일인지 지금은 안다.

"이런 일도 있었어요."

초가을 친정집에서 있었던 일까지 고백한다. 알지 못하는 사이 아즈사에게 상처를 입히고 말았고 그런 자신을 돌아보는 게 두렵다고……. 이야기를 듣고 있던 소로리가 "잠시만 기다려주세요"라고 말하고 가게로 들어가더니 손에 뭔가를 들고 다시 나왔다.

"괜찮으시면 이거 가지세요."

와이어로 된 옷걸이가 쓱 다가오는 바람에 유나는 당황했다.

"자유자재로 움직일 수 있어요. 보세요."

소로리는 삼각형 모양의 옷걸이로 마름모꼴을 만들었

다가 다시 원래의 삼각형 모양으로 되돌려놓았다.

"구부려도 원래대로 되돌릴 수 있어요. 어때요?"

일단 구부러졌다고 해도 손을 쓰면 꼿꼿하게 펼 수 있다고 하면서 말을 이었다.

"한번 밖으로 내뱉은 말에는 혼이 깃들죠. 그만큼 조심해야 합니다."

말을 할 때는 일단 멈춰 서서 상대의 입장과 배경을 상상해보는 것이 좋다. 말이 갖고 있는 힘, 언령이다.

"하지만 너무 깊이 생각하다 보면 아무 말도 할 수 없게 되죠. 그러니까 훈련하는 겁니다. 원래 모양으로 돌려보기도 하고 다시 바꿔보기도 하면서요."

소로리는 그렇게 말하면서 옷걸이를 양손으로 꾹꾹 눌러 동그랗게 만들었다가 사각형으로 바꾸었다가 했다. 소로리가 건네주는 걸 일단 받았지만 옷걸이는 집에도 잔뜩 쌓여 있다. 가지고 갈 필요는 없어서 거절했지만 어쨌든 방향을 잃고 헤매는 유나의 등을 떠미는 역할을 해주었다. 가게에서 나온 뒤 스마트폰을 꺼내자 아즈사에게서 메시지가 와 있었다. 첨부된 사진을 보니 쌔근쌔근 잠자는 미쓰키 옆에 선물 상자에 담긴 유나네 회사 제품이 놓여 있었다.

'유나 언니 그림으로 힐링한 날. 너무 예뻐.'

자기 자신에게 주는 선물이라고 했다. 직접 구매를 한 것이다. 고맙다는 인사도 전하고 고이치 없을 때 따로 만날 약속을 잡아야겠다고 생각했다. 그리고 찬찬히 아즈사의 이야기를 들어주자고 다짐했다. 선물로 샤인 머스캣을 들고 가야지.

한번 쏟아낸 말은 주워 담을 수 없다. 대충 얼버무리고 넘어가지 말고 만회를 하자. 솔직하게 '미안합니다'라고 말하자. 자신이 들어서 싫었던 말을, 상대의 입장을 고려하지 않고 그냥 쏟아낸 것에 대해 사과하자. 그렇게 시간을 되돌리는 것이다.

손님을 배웅한 후 마당 한쪽에서 소로리가 나무상자를 들여다봅니다.

"오우, 완벽해. 잘 부탁한다."

이걸로 무엇을 만들지 예상이 되시나요? 저는 알겠습니다. 퇴비로 만들어 정원에 영양제로 쓰려는 거예요. 하지만 낙엽이 퇴비가 되려면 앞으로 반년 이상 걸릴 텐데요.

"천천히 시간을 들여서."

서둘러서 좋을 건 없으니까요.

부엌으로 돌아온 소로리가 밤 껍질 위에 칼로 뭔가를 새기고 있습니다.

"가운데에 열십자를 넣고."

그런 다음 오븐에서 30분쯤 구울 예정입니다. 다시 천천히 기다릴 시간입니다. 완성된 군밤은 버터와 소금을 얹어서 먹을 거라고 하네요. 가을은 천고마비의 계절이 맞군요.

* 4장 *
자신감을
주는
앙버터
토스트

쇼핑하러 갔던 소로리가 정오가 지나 카페 도도의 부엌으로 돌아왔습니다. 틀림없이 마당 청소용 빗자루를 새로 사러 간다고 했습니다. 지금은 나무에서 완전히 잎이 떨어졌지만 가을 초입엔 빨강과 노랑으로 물든 잎들이 바람에 많이 흩날리고 있었습니다. 그것들을 열심히 쓸어낸 덕분에 대나무 빗자루의 끝이 퍼지고 말았거든요.

그런데 소로리는 빗자루 외에도 커다란 짐을 들고 왔습니다. 충동구매를 자주 하는 소로리가 또 뭔가 신기한 물건을 발견한 듯합니다. 하얀색 직육면체. 아마 가전이겠죠.

"제빵기를 사고 말았다."

그러면서 기쁜 손길로 꺼내고 있습니다. 이것도 몇 번 쓰고 나면 팬트리에 들어가서 나오지 않을지도 모르겠는데요. 정말이지 반성을 모르는 사람입니다. 하지만 즐거워 보이니까 그냥 놔둬야겠죠. 근데 뭐가 더 있나 봅니다. 대나무 빗자루와 함께 품에 안고 있었던 건 짚인 것 같습니다. 밀짚일까요, 대체 뭐에 쓰는 물건인지 잠시 두고 보기로 합니다.

사회생활을 시작한 지 6년이 지났다. 6년이라고 하면 초등학교 1학년이던 꼬마가 중학생이 되는 시간이다. 그런 이유는 아니지만 스즈모토 아카리는 그리운 옛 시절의 추억 속으로 달려가고 있었다. 아카리가 어릴 때 살던 집은 할아버지 때부터 살아온 일본의 전통가옥이었다. 아빠의 본가인 그 집으로 엄마가 시집을 와 외동딸인 아카리를 낳아 키웠다. 아카리가 태어났을 때 할아버지는 이미 돌아가신 후였고 할머니도 아카리가 철들기 전에 돌아가셨다. 고모와 삼촌이 독립한 뒤로 드넓은 단층집에서 가족 셋이 살았던 기억이 흐릿하게 남아 있는 정도다.

아카리가 초등학교 4학년이 되었을 때 옛집을 부수고 새로 지었다. 새로 지은 2층 단독주택에는 아카리의 개인 방도 만들었다. 핑크색 벽지에 빨간 카펫. 하얀 책상과 세트로 된 의자에는 깅엄체크 쿠션이 놓여 있었다. '아카리의 공부방'이라고 부모님은 불렀지만 고백하자면 거기서 공부했던 기억은 별로 없다.

천장 가까이에 판자를 걸어서 책장으로 쓰고 있었다. 다만 집을 새로 지은 그해 여름에는 거기에 아카리의 것이 아닌 책들이 놓여 있었다. 가족인지 친척인지 누구 건지 알 수 없는, 집 안에서 갈 곳을 잃은, 아무도 읽지 않는 낡은 만화책과 표지가 너덜너덜해진 잡지류였다. 어느새 그것들은 아카리의 방에서 사라졌는데 다른 어딘가에 새로운 책장이 생겼거나 아니면 적당한 때를 봐서 처분했을 것이다.

어쨌든 여름방학 숙제를 하는 척하면서 아카리는 침대에서 뒹굴며 그 책들을 펼쳐보곤 했다. 아무렇게나 꽂혀 있는 책들은 조금 어려워 보이는 철학책, 요리책, 소설도 미스터리부터 판타지까지 장르가 다양했다. 그림책과 사진집에 물릴 때면 마지막엔 만화책으로 달려갔다. 시리즈가 나란히 꽂혀 있는 모습을 보니 가슴이 쿵쾅쿵쾅 뛰었다. 아무거나 집어 들고 보기 시작했는데 결국 전권을 완독할 때까지 꼼짝도 안 하게 되었으니 그만큼 마음을 사로잡는 내용이었을 것이다.

밖은 뿌옇게 흐린 날씨다. 쌀쌀한 기운이 진눈깨비라도 내릴 것 같은데 왜 하필 그 옛날 여름방학 때의 일이 떠올랐을까, 아카리는 스스로 사고의 흐름을 더듬어본다. 지나다 들른 가게는 난방이 잘 돼 있었다. 흐르는 땀 때문에 서둘러 벗은 목도리가 출근용 가방에서 얼굴을 내밀고 있다. 바깥 공기를 쐬니 간신히 땀이 식었다. 다시 목도리를 목에 두르면서 중얼거렸다.

"투명망토인가."

그해 여름에 읽었던 것 중에서도 특히 아카리의 기억에 남아 있는 만화책이 《도라에몽》이다. TV 애니메이션으로도 만들어졌고 초등학교 저학년 때는 부모님이 극장에 데려가서 보여준 적도 있다. 다만 그 후 그 만화책을 사거나 빌린 기억이 없는 걸로 보아 아마도 그해 여름 내내 몇 번이나 반복해서 읽었던 것 같다. 이야기에 등장하는 도구 몇 가지는 아직도 머릿속에 남아 있다.

'암기빵' '스몰 라이트' '만약에 박스'……. 모두에게 친숙한 ‘어디로든 문’과 ‘대나무 헬리콥터’도 너무나 매력적인 도구다. 이런 게 있으면 얼마나 좋을까, 하고 진심으로 바랐다. 그중 하나가 ‘투명망토’다. 머리에서부터 푹 뒤집어쓰면 다른 사람의 눈에 띄지 않는다. 투명인간이 될 수 있는 것이다. 아카리가 읽은 이야기에서는 도라에몽의 친구 노비타가 미래의 약혼자의 대화를 몰래 엿듣는 데 사용했다. 하지만 틀림없이 엄마에게 들키지 않고 부엌에 들어가 간식을 먹거나 숙제하는 척하고 집에서 몰래 빠져나갈 때도 사용했을 것이다. 그런 상상을 하면 가슴이 두근거렸다.

아카리의 방에서 그런 책들이 사라지고 몇 년 후 이번에는 소설 속에서 같은 도구를 만났다. 깜짝 놀랐다. 《해리 포터》에 등장하는 그 이름 역시 투명망토. 이름도 사용법도 똑같다. 아이들이 매력적으로 느끼는 건 전 세계 공통이다. 아이라면, 아니 어른도 한 번쯤은 이런 게 있으면 좋겠다는 꿈을 품게 되는 마법의 도구다. 그 망토를 어른이 된 아카리는 어느샌가 손에 넣었고 자기도 알지 못하는 사이 푹 뒤집어쓰고 있는 게 아닌가 의심스럽다.

아카리가 일하는 회사는 식기와 커틀러리 도매를 주로

하는 곳으로, 주 거래처는 개인이 운영하는 식당과 카페 등 소규모 외식업체다. 불경기가 오래 지속되자 식당 문을 닫는 곳이 최근 수년간 급격히 늘었다. 필연적으로 아카리가 근무하는 회사도 영향을 받았다. 다행히 폐업이 이어지는 한편으로는 신규 사업에 뛰어들거나 시대의 변화를 기회로 삼아 새롭게 점포를 내는 곳도 있다. 그래서인지 일시적으로 하락했던 매출도 최근에는 회복세를 보이고 있다.

"건강 잘 챙기시고 번창하세요!"

아카리는 추가로 점포를 늘린다는 요식업체의 점장에게 인사를 건네며 배웅한다. 음식점은 몸이 자본이다. 너무 무리하다 도중에 문을 닫는 가게들을 수없이 지켜본 상사에게 배운 인사말이다. 거래가 무사히 성사되어 그런지 옆에서 인사하는 상사도 어딘지 모르게 들떠 있다. 아카리도 요 며칠 자료작성 업무를 끌어안고 있었지만 일단 손을 떠났고 오늘은 간만에 정시에 퇴근할 수 있다. 생각보다 일이 일찍 마무리되어 마음도 가볍다. 귀가 준비를 하면서 '아 맞다. 인스타에서 요즘 자주 본 니트 망토를 구경하러 가야지.' 그렇게 정했다.

날은 벌써 완전히 어두워졌다. 겨울의 저녁 다섯 시에는 이미 밤이 내려와 있다. 목도리에 얼굴을 묻고 종종걸음으로 역으로 향했다. 개찰구에 들어가 평소와는 반대편 열차를 탔다. 찜한 니트는 메리노 울과 앙고라 혼방으로 촉감이 좋아 보였다. 누군가 올린 인스타와 공식 사이트의 사진을 보니 좌우 모양이 비대칭인 점도 개성 있어 보인다.

인기 상품인지 인터넷 판매는 종료됐지만 재고를 확인해보니 몇 개가 로드숍에 아직 남아 있었다. 가격은 조금 비쌌지만 좋은 물건이라면 오래 입을 수 있다. 평생 쓸 물건이라는 마법의 단어에 홀렸다는 걸 알면서도 '가끔은 끌리는 대로 저질러보는 것도 괜찮겠지'라고 생각하며 보너스 전에 지갑을 한 번 열기로 한다. 스마트폰으로 정보들을 체크하는 사이 목적지 역에 도착했다.

가게에서 새 옷을 사는 건 오랜만이다. 코로나 전에는 유행을 따라 자주 쇼핑하곤 했다. 다만 최근 수년간은 그럴 필요가 없었다. 회사에서는 코로나가 시작되자마자 직원들의 약 80퍼센트를 원격근무로 돌렸다. 거래 상담은 대부분 온라인으로 하면 되었고 자료도 데이터를 공유하면 된다. 아카리는 신규 점포의 수주와 영업을 담당하고 있었다. 매출 통계를 내고 경향 데이터를 집계해서 그래프화하는 등의 작업은 출근하지 않아도 가능하다. 점포들 입장에서도 온라인으로 카탈로그를 보고 발주하는 쪽이 편하기도 하다. 거래처를 방문할 필요가 없어졌다.

세련된 출근복보다는 편한 홈웨어만 있으면 된다. 그런 종류의 옷은 인터넷으로 골라도 대체로 실패가 없다. SNS로 찾은 룸웨어 전문 인터넷쇼핑몰 등 아카리에겐 몇 군데 찜해둔 곳이 있다. 헐렁한 편이 착용감이 좋아서 몸에 딱 맞는 사이즈보다 한 치수 큰 것을 선택하면 틀림이 없다는 것도 알게 됐다.

최근 들어 조금씩 대면 미팅이 늘고 있다. 현장을 보러 와달라는 거래처도 있고 출장도 늘었다. 일일이 발품을 팔거나 직접 만나는 일은 귀찮기도 하지만 실제로 얼굴을 보면서 이야기하는 편이 상담이 잘 진행되는 경우도 많다. 앞으로는 양쪽을 필요에 따라 잘 활용하는 것이 시대가 요구하는 방향일지 모른다. 가끔 출근해서 사람을 만날 때의 긴장감도 나쁘지 않다. 헐렁한 평상복에서 캐시미어가 들어간 광택 있는 정장을 제대로 차려입으면 빠릿빠릿해지는 기분이 들었다.

아카리는 발걸음 가볍게 스마트폰 지도 앱이 이끄는 대로 가게로 향했다. 분주한 대로변에서 골목 하나 들어가니 작은 개천이 흐르고 있다. 개천 양 옆으로 벚꽃인 듯, 지금은 말라버린 가로수가 가지를 늘어뜨리고 있었다. 밝은 거리에 있다가 골목으로 들어서는 바람에 어둠 속으로 빨려 들어온 것 같았지만 다행히 안쪽에서 빛이 보였다.

"저긴가."

스마트폰을 가방에 집어넣고 마치 불빛을 따라가는 벌레처럼 그 가게로 향했다. 유리창이 달린 출입문 밖으로 과하게 번쩍거리지 않는 정도의 세련된 불빛이 새어 나왔다. 마네킹 두 개가 창밖을 향해 서 있었다. 그중 하나가 미리 보고 온 망토를 걸치고 있다.

"직접 봐도 예쁘네."

입가에 만족스러운 미소가 번진다. 가게 안을 들여다보니 몇몇 손님이 보였지만 혼잡스러운 정도는 아니다. 아카리는 슬그머니 출입문을 밀었다.

도라에몽의 투명망토가 몸에 씌워진 건 아닐까, 생각하게 된 것은 그때였다. 그 정도로 자신이라는 존재가 철저히 무시당했기 때문이다. 재빨리 가게 안을 둘러본다. 도로에 접한 정면의 폭은 채 4미터가 안 되는데 그대로 안쪽까지 쭉 이어지는 구조의 가게다. 손님을 상대하는 점원 같은 사람이 두 명 있고 계산대에서 PC에 눈을 떨구고 있는 사람은 점장인 듯하다. 둘씩 짝을 이룬 손님 두 팀과 혼자 온 손님까지 모두 다섯 명이 옷을 살펴보거나 점원의 이야기를 듣고 있었다.

그 가게에 있던 여덟 명 모두가 아카리와 눈조차 마주치지 않는 거다. 오늘은 우중충한 룸웨어를 입고 있는 것도 아니다. 에나멜로 된 레이스업 슈즈도 반짝반짝 닦았다. 작은 보석이 달린 가느다란 금목걸이도 고급스러우면서 과하게 시선을 끌지 않는 디자인이라 아카리가 좋아하는 장신구다.

"당신같이 수수한 사람이 올 만한 가게가 아니라니까."

누구도 말을 걸지 않는 이 상황이 그렇게 말하는 것 같았다. 가게 안에 켜놓은 난방 때문에 땀이 흘렀다. 당황해서 목도리를 푼다. 곁눈으로 찜해둔 망토를 걸치고 있는 마네킹을 쳐다보지만 차가운 표정으로 밖을 향하고 있을 뿐이다. 마네킹한테까지 바보 취급을 당한 기분이다. 작게 한숨을 몰아쉬고 아카리는 조용히 가게 문을 열었다. 그 시점에선 누가 불러도 성가시기만 할 뿐이다. 가능한 한 소리가 나지 않게 살금살금 밖으로 나오니, 애당초 있을리 만무한 망토가 스르륵 몸에서 흘러내린 것 같은 기분이 들었다.

이런 일이 일어날 때마다 아카리는 거듭 확인하게 된다.

아무리 화려하게 꾸며도 평범하고 눈에 띄지 않는 아이, 그런 인상이 벗겨지는 일은 없는 건가. 어깨를 떨군 채 개천 주변을 걷는다. 큰길로 나오자 정장 차림의 한 여성이 누군가를 찾는 듯 그 자리에 멈춰 선 채 시선을 좌우로 돌리며 두리번거리고 있다. 많은 사람이 그 여자에겐 눈길 한 번 주지 않고 지나친다. 아카리도 그들과 마찬가지로 여자 곁을 지나쳐 가려고 한 순간 친근하게 말을 걸어왔다.

"저기, 지금 잠깐 시간 괜찮으세요?"

아카리는 얼굴을 숙인 채 서둘러 지나쳤다. '망토를 계속 입고 있었으면 좋았을 텐데'라는 생각이 들면서 무심코 한숨이 흘러나왔다. 아카리는 길거리 영업을 많이 당하는 편이다. '이런 촌스러운 여자라면 걸려들 것이다, 이렇게 겉모습이 수수한 사람이라면 이야기를 듣기 위해 멈춰 설 것이다.' 그렇게 생각하게 만드는 부정적 오라가 있는 듯하다. 그것이 자신의 나약함의 표식 같아서 괴롭다.

오기 전까진 간만의 쇼핑에 들떠 있었기 때문에 신경이 쓰이지 않았다. 하지만 무거운 발걸음으로 돌아가는 길에는 왜 이렇게 멀리까지 꾸역꾸역 왔을까, 생각하니 진저리가 난다. 정신을 차려보니 밤도 깊어간다. 차디찬 바람이 뺨을 스친다.

"기왕 여기까지 왔으니 근처에서 저녁이나 먹고 갈까."

스마트폰으로 역에서 가까운 카페를 검색했다. 카페겸 가벼운 식사가 가능한 그 가게는 그레이 베이스의 심플한 스타일로 내부를 꾸몄고 벽에 붙어 있는 카운터 자리 외에 테이블석이 몇 개 있었다. 카운터 자리에는 노트북을 열고 작업하는 회사원 같은 사람과 책을 펼치고 있는 학생이 있고 대학 친구들끼리인 듯 이벤트 계획을 세우는 그룹도 있었다.

계산대 앞에서 주문을 하고 음식이 나오면 번호를 부르는 시스템인 듯하다. 아카리는 카운터 자리 한쪽에 짐을 내려놓고 스마트폰을 손에 든 채 계산대로 향했다. 두 대의 계산대 앞에서 손님이 각각 한 팀씩 주문을 하고 있었다. 아카리는 눈앞의 계산대에서 기다리고 있었지만 앞의 두 손님이 아무리 시간이 흘러도 결정을 내리지 못하고 있었다. 어쩔 수 없이 옆의 계산대로 이동하자마자 아카리의 눈앞에서 "잠시 기다리세요"라는 말과 함께 계산대가 닫혀버렸다. 원래의 계산대에는 나중에 온 손님이 벌써 줄을 서버렸다.

결국 아카리는 자기보다 늦게 온 그 손님 다음에야 주문을 할 수 있었다. 그래도 진열대의 시나몬롤은 달콤하고 폭신폭신해 보이는 게 식욕을 자극했다. 아카리가 고른 진한 프렌치 로스트 커피와 잘 어울릴 것 같아서 기대가 됐다. 읽고 있던 문고판 책을 펴고 자리에서 번호가 불리기를 기다린다.

"오래 기다리셨습니다. 12번 손님."

가게 안에 점원의 목소리가 울려 퍼질 때마다 아카리는 건네받은 번호표를 확인한다. 플라스틱에 인쇄된 11이라는 숫자는 아무리 기다려도 불리지 않는다.

"순서가 뒤바뀐 점, 양해 부탁드립니다."

그 말에 아카리는 '이제 드디어 내 차례일까' 기대를 해보지만,

"15번 손님."

으로 이어졌다. 번호표를 듣고 계산대로 향하는 여자는 아카리보다 훨씬 나중에 온 손님이다. 뒤쪽에서 이야기를 나누던 학생들이 큰 소리로 떠들며 웃고 있다. 이대로 기다리고 있어봤자 영원히 번호가 불릴 것 같지 않았다. 아카리는 한숨을 내쉬고 번호표를 손에 들고 일어선다. 계산대로 가서 점원에게 물었다.

"죄송한데 11번 아직인가요?"

아르바이트생 같은 젊은 점원이 의아하다는 표정으로

주문서를 확인하는데 아무래도 주문이 제대로 들어가지 않은 모양이다.

"어떤 거 주문하셨죠?"

귀찮은 기색이 보이는 점원의 표정에 아카리는 화가 났다.

"시나몬롤하고 프렌치 로스트 커피요."

자기도 모르게 말끝에 힘이 들어갔다.

점원이 몸을 돌려 커피메이커 앞에서 커피를 내리고 있는 다른 아르바이트생에게 물어본다.

"여기, 시나몬롤하고 프렌치 로스트 커피 주문받은 거 기억나?"

질문을 받은 아르바이트생은 내리던 커피에서 눈을 떼지 않은 채 고개를 저었다. 한참 후에 제공된 시나몬롤은 상상했던 것보다 딱딱하고 커피는 쓴맛이 강한 데다 과잉 추출로 인한 아린 맛까지 느껴졌다. 우걱우걱 빵과 커피를 입안에 쑤셔 넣고 아카리는 서둘러 가게를 나섰다. 커피향을 음미하며 천천히 읽어보려 했던 문고판 책은 결국 거의 읽지 못했다.

혼자 자기 방에서 만화책을 펼치던 그해 여름, 투명망토는 매력적인 도구였다. 자신이 갈 수 없는 장소에 몰래 숨어들어 미지의 세계를 엿볼 수 있다는 점이 동경심을 자극했다. 누구한테도 들키지 않고 케이크 가게의 주방을 들여다보거나 아이들이 출입할 수 없는 보석상에서 번쩍번쩍 빛나는 다이아몬드를 실컷 구경할 수 있다면 얼마나 재미있을까. 꿈은 그렇게 커졌다. 사람들의 눈에 띄지 못한다는 사실이 이토록 견디기 힘든 일이라는 걸 그때는 알지 못했다.

어른이 되자, 정체를 알 수 없는 세상이라는 녀석은 아무리 벗어 던지려고 애써도 거듭거듭 투명망토를 뒤집어씌웠다. 그러면서도 정작 필요할 때는 멋대로 벗겨진다. 편리한 굿즈와는 아주 거리가 멀다. '투명망토를 쓰지도 않았는데 왜 나는 없는 사람 취급을 받는 거지.' 이런 일이 일어날 때마다 자신이 살아가는 의미는 무엇일까, 아카리는 자문한다.

열차를 갈아타고 간신히 터미널 역에 도착한다. 무의미한 장시간의 이동으로 피로감이 밀려들지만 조금만 걸어가면 지하철역이 나온다. 거기선 갈아타지 않고 집과 가장 가까운 역까지 한 번에 갈 수 있다. 조금만 더, 하면서 남은 힘을 쥐어짠다. 가는 도중에 작은 카페의 간판을 발견했다.

'1인 전용 카페'

이 가게라면 주문 오류가 생기거나 다른 손님들의 말소리 때문에 안절부절못하는 일은 없을지 모른다. 오늘의 추천 메뉴인 '앙버터 토스트'도 맛있을 것 같다. 하지만 시간이 너무 늦었다. 간판이 자꾸 손짓하며 부르는 듯했지만 귀가를 서둘렀다.

역 앞의 횡단보도는 신호를 기다리는 사람들로 북적였다. 좀처럼 바뀌지 않는 신호등 앞에서 기다리다 지쳐 육교 쪽으로 발길을 옮겼다. 커다란 건물 앞에 서 있는 한 여자를 보고 아카리는 순간 걸음을 멈췄다. 가끔 출퇴근 때 버스에서 마주치는 여자였다.

어두운 버스 안에서도 항상 화려한 모습이 눈길을 사로잡았다. 네온사인이 번쩍이는 거리에서는 더더욱 화려함이 두드러졌다. 멀리서 봐도 이목구비가 뚜렷해서 눈에 띄는 얼굴이다. 나이는 아카리와 비슷할 것이다. 몸매가 드러나는 니트 원피스를 어색함 없이 소화하고 있다. 곁을 지나쳐 가면서 아카리는 여자의 옆얼굴을 슬쩍 곁눈질한다. 눈을 깜빡이자 꼼꼼하게 마스카라 칠을 한 긴 속눈썹이 새의 날개처럼 위아래로 움직였다. 선명하게 그린 아이라인이 그녀의 강인함을 보여주는 듯했다.

옆을 지나친 후 다시 돌아보니 그녀는 그 건물의 부지 안으로 들어서고 있었다. 대학병원인 듯하다. 이런 시간에 진찰이나 면회는 아닐 것이다. 긴급 상황도 아닌 듯하다. 이윽고 출입구에 남자친구로 보이는 흰색 가운을 입은 남자가 나타났다.

지하철에 올라탔다. 빈자리는 몇 개 있었지만 누군가와 가까이 앉는 게 괜히 싫어 아카리는 선 채로 지하철 문에 몸을 기댔다. 차량 내부의 조명에 자신이 얼굴이 반사돼 비쳤다.

방금 본 여자의 모습을 떠올린다. 목이 쭉 뻗어 있고 손발도 길었다. 큰 키 덕분에 학창 시절 운동부에서 활약했을지도 모른다. 틀림없이 팀을 하나로 모으는 존재로서 선후배들 사이에서 인기도 많았을 것이다. 귀엽다, 예쁘다는 말을 계속 들으면서 자란 사람은 성격이 모난 구석이 없고 원만하다고 한다. 반대의 경우는 어떨까. 어딘가 꼬여 있고 비뚤어진 자신의 모습이 그 자리에 있다. 두꺼운 눈꺼풀과 낮은 코. 왼쪽 뺨에는 새끼손톱만 한 반점도 있다. 태어났을 때부터 있었다. 철들기 전부터 엄마는 입버릇처럼 말했다.

“그건 하느님이 뺨에 뽀뽀해주신 흔적이야. 하느님의 뽀뽀. 아카리가 아주 착한 아이라서 그래.”

그렇게 얘기해준 덕분에 그다지 신경은 쓰이지 않았다. 하지만 어릴 때 같은 반 친구가 그려준 아카리의 초상화에서 눈은 가로로 작게 찢어진 한 줄로만 표현되었고 당연히 점도 부각되어 그려져 있었다. 다른 아이의 초상화에는 등장하지 않는 피부의 반점이 육안으로 보이는 실제보다 더 나쁜 쪽으로 과장되게 표현되어 있었다. 신경 쓰지 않던 부분을 새삼 인식하게 된 그때 이후 종종 얼굴의 점을 떠올리게 되는 일이 생긴다.

아까 갔던 옷가게를 저 여자가 방문했더라면 틀림없이 환영받았을 것이다. 직접 입어보기도 하고 지금쯤 틀림없이 망토를 사서 나왔겠지. 우연히 들른 카페에서도 주문 착오 같은 일은 일어나지 않았을 것이다. 설사 주문이 제대로 들어가지 않았다고 해도 아르바이트생이 싱긋 웃으며 재빨리 처리하고 정중히 사과도 했을 것이다. 반 친구가 그린 초상화 속 눈에선 별이 몇 개나 반짝였을 것이다.

아카리는 환기를 위해 5센티 정도 열려 있는 창문으로 눈길을 옮긴다. 창문 위에는 피부관리와 성형 광고가 쭉 이어졌다. 미에 대한 추구를 강요하는 듯해서 한숨이 새어 나왔다.

'겉모습은 아무것도 아니다. 있는 그대로 좋다. 사람들은 모두 다르니까 비교할 필요 없다.' 이 모든 말이 실제로는 별 의미가 없다는 걸 알려주는 듯하다.

누군가의 시선을 느끼며 옆을 돌아보니 엄마와 아이가 있었다. 채 한 살이 될락 말락 한 여자아이가 엄마 품에 안긴 채 얼굴을 옆으로 돌린다. 아카리의 눈을 보고 마치 유쾌한 동물이라도 발견한 양 방긋거린다. 아카리가 작게 손을 흔들자 여자아이가 까르르 소리 내어 웃었다. 정면을 향하고 있던 엄마가 "미쓰키, 왜 그러니?" 하더니 아기의 시선 끝에 서 있는 아카리에게 가볍게 눈인사를 한다.

아이의 눈에 아카리는 어떻게 비치는 걸까. 어른들은 상대조차 안 해주는데 아이들은 금세 친근하게 다가온다. 늘 있는 일이다. 투명망토도 아이 앞에선 아무 소용이 없다. 아카리는 우습다는 생각이 들어 고개를 숙인 채 웃음을 삼켰다.

소로리가 바느질이라니 깜짝 놀랐습니다. 무슨 수선이라도 하는 건가 싶었는데 그게 아닌 것 같습니다. 주방 테이블 위에는 가위와 자도 놓여 있습니다.

"음, 먼저 5센티 길이로 잘라서."

그렇게 중얼거리면서 사 온 밀짚을 똑같은 길이로 여러 개 자르고 있습니다. 굵은 바늘에 실을 꿰고 밀짚을 연결해 나갑니다. 속이 텅 비어 있습니다. 주스를 마시는 스트로 같다고 하면 이해하기 쉬울까요. 스트로의 어원이 짚이긴 합니다만. 어느 쪽이 먼저인지는 알 수 없네요. 아무튼 몇 개인가 비어 있는 밀짚 안에 실을 통과시켜 연결해 나갔습니다.

"이쪽 각하고 저쪽 각을 맞춰서."

그렇게 저렇게 하는 사이 신기하게도 입체적인 어떤 모양이 생겨났습니다.

"완성이다."

밀짚으로 만든 다면체는 마치 별 같습니다. 소로리는 그 별을 몇 개나 만들어 나갑니다. 밖은 완전히 어두워졌는데 가게 문 열 준비는 다 마친 걸까요.

모처럼 일이 일찍 끝났는데도 집에 도착하니 야근했을 때보다 늦은 시간이었다. 욕조에 뜨거운 물을 받아놓고 발을 뻗었다. 목욕을 마치고 거울을 들여다본다. 겉모습이 전부라는 말, 그 말은 틀렸다고 어른이 된 지금은 생각한다. 하지만 외모가 준수하고 화려한 사람일수록 그렇지 않은 사람보다 더 좋은 대접을 받는 경우가 많다는 것은 부정하기 어렵다. 그런 사람은 어릴 때부터 사랑을 많이 받고 학교 선생님들도 편애한다. 출세나 채용도 겉모습에 좌우되지 않는다고 과연 단언할 수 있을까.

친구와 둘이 넘어졌을 때 사람들은 늘 자신보다 친구에게 먼저 손을 내밀어주었다고 아카리는 생각한다. 지금까지 무수히 그런 경험을 반복해왔기 때문에 잘 알고 있다. 엉덩방아 찧은 자리를 문지르면서 손의 긁힌 상처를 숨기며 혼자 일어나는 쪽은 항상 아카리였다.

하루의 피로가 간신히 풀린 건 좋아하는 룸웨어를 몸에 걸친 다음이다. 무쓰코이소가이라는 인기 텍스타일 디자이너가 작업한 옷이다. 팝적인 디자인이 돋보이는 옷으로 온몸을 감싼 후 아카리는 스마트폰을 만진다. 집에 오는 길에 본 여자의 날개 같은 속눈썹과 강한 인상의 눈매를 떠올린다. 메이크업을 잘하면 아카리도 강해질 수 있을까.

"메이크업이라……."

화장이라는 단어에는 변신이라는 의미가 들어 있다. 말 그대로 변신이 되는 사람도 있겠지만 아카리는 꼭 그렇지는 않다. 꼼꼼하게 메이크업을 했는데도 불구하고 화장이 연하다는 얘기를 들을 때가 많다. 방수 기능성 제품으로 아이라인을 진하게 그려도 쌍꺼풀이 없는 두툼한 눈두덩에 파묻혀 밤이 되면 지워지기 일쑤다. 볼륨감 있는 마스카라를 진하게 칠하면 눈을 몇 번만 깜박여도 눈 밑에 곰처럼 검은 그림자가 생긴다. 눈 밑이 볼록 튀어나왔기 때문이다.

쌍꺼풀 없는 눈 화장법을 인스타그램과 동영상 사이트로 찾아다니다가 '쌍꺼풀 없는 눈은 아이브로우에 올인'이라는 게시글을 발견했다. 아이브로우. 눈썹 메이크업이다. 지금까지도 유행이라는 일자눈썹을 해보고 싶어서 직접 다듬어보기도 했지만 별로 마음에 안 든다. 영상을 찾아서 볼 때는 알 것 같은데 좀체 실력이 늘지 않는다. 오프라인

강좌를 직접 들어야겠다고 마음먹은 후 검색해본 것 중에 찾아가기 쉽고 가격도 적당한 강좌를 골랐다.

'이 시대의 눈썹 메이크업'이라는 제목의 강좌. 강사는 은발에 이목구비가 뚜렷한 메이크업 전문가다. 경력도 오래됐고 일선에서 물러난 뒤 개인 대상의 강좌를 저렴한 가격으로 열고 있는 듯했다. 눈썹이 정돈되면 더 이상 사람들이 무례하게 굴지 않을까. 내 의지와 상관없이 투명망토가 씌워진 채 무시당하는 일도 없어질까. 수강생들의 '비포 앤드 애프터' 소개 기사를 보며 자신도 모르게 과도한 기대를 하고 만다.

강좌 예약 당일, 지도 앱이 알려주는 대로 주택가 안으로 들어갔다. 좁은 계단을 다 올라간 곳에 벽돌집이 있었다. 그 집의 일부를 메이크업 교실로 쓰고 있는 듯하다. 아카리가 벨을 누르자 "네. 들어오세요"라는 여성의 목소리가 인터폰 너머로 들렸다. 현관문을 당기자 안에서 귀부인 같은 분위기의 여성이 맞아주었다. 사이트에 소개된 메이크업 전문가다. 내어주는 슬리퍼를 신고 복도를 지나자 하얀 테이블이 여러 개 놓인 방이 나왔다. 메이크업 용품이 줄지어 놓여 있고 정면에는 커다란 거울과 세안용 세면 공간이 마련돼 있다.

“어디 보자. 아카리 씨? 여기 앉아봐.”

허물없이 부르는 소리에 당황할 새도 없이 아카리는 거울이 있는 화장대 앞에 앉혀졌다. 번쩍이는 조명이 얼굴에 꽂힌다.

“여배우 조명. 어때, 기분 최고지?”

강사의 하이 톤 목소리가 노래하듯 울렸다. 강의실은 아주 넓은데 다른 스태프는 없어 보인다.

“오늘 수강생은 아카리 씨 한 사람. 그러니까 뭐든지 물어보라고.”

또 한 사람이 예약을 했지만 안타깝게도 직전에 취소했다고 한다.

“일대일 강의는 거의 없는 일이야.”

운이 아주 좋아, 라며 강사는 어깨를 으쓱해 보인다. 강의 시간은 두 시간이다. 두 시간을 꼬박 일대일로 눈썹 메이크업을 배운다면 아주 능숙해지겠지. 아카리도 기합이 들어갔다.

“눈썹 강좌긴 한데 눈썹이 돋보이려면 정말 세심하고 꼼꼼하게 베이스 메이크업을 해야 해.”

사전에 준비돼 있던 눈썹용 가위와 아이브로우 펜슬은

옆으로 치우고 강사는 파운데이션을 손에 들었다. 우선 얼굴 바탕 화장부터, 라는 말에 긴장한다.

"어머."

강사가 아카리의 얼굴을 보고 눈살을 찌푸렸다.

"여기 뺨에 있는 점, 왜 이래?"

"태어날 때부터 있던 거라."

하느님의 뽀뽀라고까진 말하지 못했다.

"원래부터 있던 건지 뭔지는 모르겠는데 어떻게 좀 하지 그래?"

아카리의 턱에 손을 얹은 강사가 능숙하게 몇 가지 화장품을 섞고 털어내고 하는 사이 아카리의 얼굴에서 반점이 사라졌다. 도자기 인형 같은 피부에 멈칫한다. 하지만 강사는 만족한 듯,

"이것 봐. 제대로 하면 지워진다니까."

그러면서 머리가 울릴 것 같이 날카로운 소리를 내며 웃었다. 파운데이션과 컨실러를 바르는 법으로 원래 정해진 두 시간이 끝났다.

"눈썹은 펜슬로 쓱쓱 그리면 되니까."

강좌가 마칠 시간이 되어서야 아카리의 얼굴 위에서 펜슬이 움직였다.

"파운데이션의 기초를 제대로 배웠으니 아카리 씨는 운이 아주 좋아."

이곳에 왔을 때와 똑같은 말이 돌아왔다. 혼자서 눈썹을 잘 그릴 수 있게 되면 강한 여자에 가까워질 수 있다는 기대는 간단히 배신당했다. 얼굴이 답답하다. 1초라도 빨리 화장을 지우고 싶었다. 드럭스토어에서 화장을 지우는 클렌징 시트를 구입한 뒤 편의점 화장실에서 집요하게 닦아 냈다.

사람을 만만하게 보고 막 대한 것이다. 이런 쓸데없는 참견과 미에 대한 압박으로부터 도망치고 싶어질 땐 망토를 뒤집어쓰는 게 좋겠다는 생각이 든다. 하지만 그렇게 자유자재로 조종하는 기술이 아카리에겐 없다. 화장 아래 숨겨졌던 반점이 드러나자 간신히 자기 자신으로 돌아온 기분이 들었다.

소로리가 요 며칠 꼬박 만들고 있던 밀짚 장식이 완성되었습니다. 힘멜리라고 부르는 북유럽의 장식품이라고 합니다. 크리스마스 때 쓰는 일이 많은데 풍작을 기원하는 부적

같은 것으로 일 년 내내 매달아도 좋다고 하네요. 천장에 매달아서 흔들리게 해놓으니 살풍경했던 가게 안에 활기가 돕니다. 힘멜리 장식에 이끌려서는 아니겠지만 마침 윤기 나는 검은색 머리칼의 여자 손님이 찾아왔습니다.

"어서 오세요. 카페 도도에 오신 걸 환영합니다."

익숙한 인사말을 건네며 소로리가 손님을 맞이합니다.

역시 화장기 없는 맨얼굴로 화려한 거리를 배회할 용기가 아카리에겐 없다. 그렇지 않아도 수더분한 인상이다. 숍이나 카페에서 무시당할 모습은 직접 겪지 않아도 눈에 보이는 듯하다. 이럴 때조차 어김없이 배가 고픈 건 왜일까. 달리 갈 곳도 없이 터벅터벅 걷고 있으니 허기가 밀려왔다.

"그러고 보니 1인 전용 카페가 있었던 것 같은데."

그곳이라면 다른 사람들 눈을 신경 쓸 필요가 없다. 지하철을 갈아타면 별로 멀지도 않다. 들어갈 만한 다른 가게를 찾아보는 것보다 빠르다. 결단을 내리고 나니 더더욱 허기가 몰려온다.

가게 앞 간판에는 지난번에 본 대로 '앙버터 토스트'라고 적혀 있었다. 다만 오늘은 그 위에 읽기 힘든 글씨로 '자신감을 주는'이라고 덧붙여놓았다.

"자신감을 주는 앙버터 토스트?"

아카리의 등을 떠미는 듯한 메뉴 이름을 보면서 우연이라곤 하나 어쩌면 지금의 자신을 위한 메뉴일지 모른다고 생각했다.

간판의 화살표를 따라 골목길로 들어선다. 차가운 바람이 기분 좋게 느껴졌다. 나무들 사이로 불어와 부드럽게 뺨을 어루만지고 지나간다. 골목 끝에 마당 딸린 단독주택이 서 있었다. 창 너머로 깜박깜박 흔들리는 불빛이 보였다. 시선이 이끄는 대로 계속 갔다. '오픈'이라고 표시된 간판을 내건 문은 하늘색이고 금속으로 된 손잡이가 달려 있었다.

"괜찮을까?"

어깨에 손을 가져간 이유는 또다시 멋대로 망토가 뒤집어씌워졌는지 확인하기 위해서다. 혹시 모르니까, 올렸던 왼손을 얼른 쓸어내리듯 떨구었다. 이걸로 망토는 벗겨졌을 것이다. 아카리는 마음을 다잡고 손잡이에 손을 올렸다.

"어서 오세요. 카페 도도에 오신 걸 환영합니다."

정중한 점원의 목소리에 일단 마음을 놓는다. 어쨌든 손님이 왔다는 걸 인식했다. 가게 안을 떠다니는 빵 냄새에 유혹당한 배에서 꾸르륵 소리가 났다.

"편하신 자리에 앉으세요."

카운터 자리만 있는 곳이다. 계절에 따라선 바깥 정원도 야외 자리로 이용하는지 모르지만 이런 추운 날씨엔 당연히 불가능하다. 가게 안은 여기저기 촛불만을 밝혀놓아 희미한 어둠이 깔려 있지만 무척 따뜻하고 온화한 느낌이다. 덕분에 맨얼굴이 드러나지 않아서 고맙다. 천장에 소박한 장식을 대롱대롱 매달아 놓았다.

'뭐지?'

모빌 같긴 한데 본 적 없는 모양새다. 유심히 집중해서 보니 촛불 빛을 받아 흔들렸다. 그것은 마치 예쁜 아이를 그린 그림에서 눈동자에 반드시 들어가는, 빛나는 별 같다. 아카리의 찢어진 눈에는 결코 들어 있지 않을 별이라는 생각이 들어서 자기도 모르게 얼굴을 돌리고 말았다. 주방에는 물건들이 빼곡히 들어차 있고 그 안에서 방금 맞아준 남자가 딱 자기 자리인 양 편안한 모습으로 작업을 하고 있었다.

"주문 도와드릴까요?"

그 남자가 카운터에서 주문을 받는다. 앞치마 주머니에 손을 넣으면서 덥수룩한 머리를 숙이자 안경이 코끝으로 흘러내렸다.

"사장님이세요?"

남자는 고개를 끄덕인 뒤 소로리라고 자기 이름을 가르쳐주었다. 그렇다면 원하는 메뉴도 바로 정확히 전달할 수 있다.

"밖의 간판에서 봤는데요. 재미있는 이름의 토스트가 있던데."

"아, 자신감을 주는 앙버터 토스트 말씀이시군요."

마치 기다렸다는 듯이 소로리가 가슴을 펴고 빵에 나이프를 갖다 댄다.

"빵도 여기서 직접 만드시는 거예요?"

빵 써는 모습을 지켜보며 물었더니 그 질문을 기다렸다는 듯 소로리는 기쁜 표정으로 대답했다.

"네. 맞아요. 제빵기를 샀거든요."

충동구매를 했다고 한다.

"하지만 그 덕분에 이 메뉴가 완성되었답니다."

그러면서 아카리 앞에 빵 접시를 올려놓았다. 갈색빛으

로 잘 구워진 두꺼운 토스트에는 칼로 십자 모양을 넣었고 알갱이 모양이 제대로 살아 있는 팥소를 잔뜩 올려놓았다. 큐브 형태의 버터가 팥소 위에서 녹아내리고 있다.

"와, 맛있겠다."

아카리는 서둘러 양손으로 빵을 들어 올렸다. 묵직한 중량감이 느껴졌다. 녹은 버터가 주르륵 손가락을 타고 흐르자 당황해서 얼른 입으로 가져간다. 바삭한 식감에 이어 포슬포슬한 팥소의 달콤함이 따라온다. 많이 달지 않아서 잔뜩 올렸는데도 물리지 않는 맛이다. 계속 먹다 보니 단맛 뒤에 숨어 있던 버터의 짠맛이 전해졌다. 팥과 버터, 이 명불허전의 조합을 고안해낸 사람은 천재다. 감탄사가 절로 나온다. 단맛과 짠맛의 콜라보가 끝없이 식탐을 재촉한다. 얼마 안 남았을 때 문득 궁금해진다.

"아, 뭐였죠? 메뉴 이름이? 자신 있는, 이었나요?"

"아, 물론 자신이야 있습니다만."

카페 주인은 허리에 손을 얹고 득의양양한 표정으로 말한 다음 아카리의 표현을 정정했다.

"메뉴 이름은 자신감을 주는 앙버터 토스트입니다."

"어, 그러니까."

아카리가 어디서부터 물어봐야 할지 몰라 머뭇거린다.

"메뉴 이름의 유래가 궁금하신 거죠? 팥의 효능은 알고 계신가요?"

소로리의 물음에 아카리는 열심히 생각한다. 방금 드럭스토어에도 있었는데 화장품 중에는 아이 마스크와 팩에 팥을 사용한 것도 있다.

"몸을 따뜻하게 하는 효과가 있잖아요. 그 외에 붓기를 막아주기도 하고요."

체내의 불필요한 염분을 배출하거나 정장 작용도 있을 것이다. 미용 관련 SNS를 무심코 체크하다 보면 어느새 그런 지식도 머리에 들어온다.

소로리는 아카리의 이야기에 몇 번이나 고개를 끄덕인다.

"폴리페놀 함유량도 엄청나답니다."

레드와인에 많이 들어 있다고 알려진 성분인데 팥에 들어 있는 양이 레드와인보다 많다고, 소로리가 알려준다.

"폴리페놀은 신체의 산화를 예방하는 데 효과가 있어요."

세포 단위에서 건강해질 수 있기 때문에 이 토스트를 먹으면 자신감이 생기는 걸까, 나름대로 머리를 굴리고 있는 아카리의 모습을 보며 소로리는 "그뿐만이 아니에요"라며 이야기를 이었다.

"이 팥소에는 사실 설탕이 들어 있지 않거든요."

깨끗이 먹어 치운 접시를 가리키며 놀라운 사실을 밝혔다. 아카리가 먹은 팥소는 단맛은 덜했지만 그렇다고 해도 설탕이 들어 있지 않다고는 도저히 생각하기 어려웠다. 물엿이나 꿀을 사용한 것일까. 소로리는 고개를 양옆으로 젓는다.

"팥과 쌀누룩만 가지고 만들었어요."

누룩은 고기를 연하게 만들거나 즉석에서 바로 절임음식을 만들 수 있다는 걸로 꽤 화제를 모은 적이 있다. 부드럽게 삶은 팥에 쌀누룩을 섞은 다음 따뜻하게 둔다. 그러면 이렇게 달콤한 팥소가 완성된다고 한다.

"이걸 사용하는 거예요."

팥을 발효시키는 과정에서 적정온도를 유지하는 데는 제빵기의 기능이 도움이 된다. 기쁜 표정으로 주방에 한자리 차지하고 있는 제빵기 자랑을 하는데, 쉽게는 전기밥솥으로도 만들 수 있다고 한다.

"누룩의 힘을 빌려 발효시키면 전분이 당분으로 바뀝니다."

누룩의 힘으로 밥이 감주가 되는 것과 같은 원리라는 설명을 들으니 완벽하게 납득이 간다. 원래 있던 성분이 누룩의 힘으로 맛있어진다. 그와 마찬가지로 자신의 특성을 잘 살리면 감칠맛 즉 자신감이 되는 것이라고 가르쳐 주었다.

"소로리 씨는 투명망토 아세요?"

누룩과 팥의 파워 덕분인지 아니면 단맛과 짠맛의 상반된 힘이 효과를 낸 것인지 아카리는 자신의 이야기를 하고 싶어졌다. 어린 시절에는 선망의 도구였다. 하지만 언제부턴가 알지 못하는 사이 세상이라는 정체 모를 녀석이 자신의 의지와 상관없이 강제로 입히거나 벗겨버리는 것처럼 느껴졌다. 언제나 타인으로부터 무시당하는 기분이라고, 소로리에게 하소연한다.

"그렇다면 자기 스스로 입고 벗을 수 있게 만들면 좋지 않을까요? 손님이 직접 망토를 지배하고 조종할 수 있게 되면 다시 편리한 도구로 돌아오는 것 아닌가요?"

소로리가 뿌연 안경의 다리를 쑥 들어 올렸다.

"스스로요? 그게 불가능하니까 힘들어요."

아카리가 말한다.

"그러니까 자신감을 갖는 게 중요해요."

소로리 씨는 온화하게 말하고 나서 제빵기를 따뜻하게 데우는 것처럼 양손을 갖다 댔다.

"그런데 자신감이 뭐라고 생각하시나요?"

소로리의 목소리에 아카리는 얼굴을 든다. 정색하고 의미를 물어보니 제대로 말로 표현할 수 없다. 말문이 막힌 채 갈피를 못 잡고 있는데 답을 가르쳐준다.

"대지 위의 나무처럼 굳건히 두 발로 땅을 짚고 서는 것, 그게 자신감입니다."

그건 자립과도 같다고 말하며 소로리가 발을 좌우로 벌리고 팔짱을 껴 보였다.

"자립, 자신감…… 그렇군요."

세상에는 획일적 아름다움이라는 기준이 있다. 아카리를 대하던 가게 점원과 카페 아르바이트생의 태도가 생각난다. 메이크업 강사가 분칠을 해놓은 아카리의 얼굴은 개성과 표정을 잃어버린 상태였다. 누군가가 정해놓은 옳음의 방향으로 다 같이 움직이며 동일한 것을 추구할 필요가 있을까. 아카리는 엄마가 입버릇처럼 했던 말을 떠올리고 있었다.

'하느님의 뽀뽀. 아카리가 아주 착한 아이라서.'

식사를 마치고 아카리는 손가락으로 점을 덧그리듯 뺨을 어루만졌다. 이것은 그냥 나로 존재하는 증거. 특별히 선택받은 존재이므로 비하하는 것은 안 될 일이다. 가게 안에서 반짝이며 흔들리는 촛불이 아카리의 마음을 차분하게 만들었다.

“조용하니까 마음도 편안해지네요.”

얼굴을 드니 주방에 장식된 액자에 들어 있는 도도새와 눈이 마주쳤다.

“촛불은 덴마크어로 레베네 뤼스라고도 불러요.”

위도가 높은 북유럽은 밤이 길고 어두운 겨울이 오래 지속된다. 집 안에서 평온하게 지내기 위해 많은 촛불을 켜놓는다. 레베네 뤼스는 살아 있는 빛이라는 의미라고 한다.

“불빛의 흔들림을 의미하겠지만 그들에겐 살아가는 데 필요한 빛이기도 할 겁니다. 참고로 이 장식도 원래 북유럽 거예요.”

소로리의 얼굴이 천장으로 향하는 걸 보고 덩달아 아카리도 천장을 올려다본다. 대롱대롱 매달려 있는 다면체의 별 모양 장식을 말하는 거다.

“지금은 크리스마스 장식으로 많이 쓰이지만 원래는 풍작을 기원하며 만들었던 겁니다. 이것도 살아가기 위한 기도라고 할 수 있죠.”

밀짚에 실을 통과시켜 만든다고 가르쳐주었다. 의미를 듣고 나니 아까까지 예쁜 아이의 상징과 같던 별을 보는 다른 관점이 생겼다. 바로 아래에서 가만히 바라보고 있으니 아카리의 온몸에 별이 쏟아져 내리는 듯한 기분이 들었다. 생각하는 방식이나 받아들이는 방식에 따라 똑같은 상황도 달리 인식된다. 뺨의 점 역시 메이크업 전문가에겐 불필요한 것일지 모르지만 아카리에겐 자기 자신으로 존재하기 위한 소중한 보물이다.

"살아가는 의미는 뭘까요?"

아카리는 언제나 품고 있는 질문을 소로리에게 던져본다.

"어려운 질문이네요."

소로리는 한동안 팔짱을 낀 채 촛불이 흔들리는 모습을 지그시 바라보았다. 그 모습이 마치 살아 있는 불빛과 대화를 나누는 것 같다.

"이렇게 골똘히 생각하면서 보내는 시간이야말로 삶 자체일지 모르겠어요."

눈으로 촛불을 응시한 채 소로리가 조용히 말했다. 그 누구를 위해서도 아닌, 무언가를 발견하기 위한 목적도 아닌, 단지 그 순간을 응시하는 것. 지금 이 순간 존재하며 생각하는 것 자체가 곧 살아 있는 의미가 아닐까. 그렇게 소로리가 생각하는 나름의 삶의 의미를 가르쳐주었다.

"존재에서 의미를 찾는 게 아니라 의미가 있으니까 존

재하고 있다. 저는 그렇게 생각해요."

조용히 흔들리는 장식이 촛불의 빛을 받아 천공의 별처럼 반짝거렸다.

계산을 마치자 소로리가 천천히 아카리에게 하얗고 얇은 천을 건넸다.

"자요. 앞으로는 손님께서 직접 투명망토를 조종하세요."

"이건?"

"거즈 천이에요. 투명망토가 될 만한 것을 찾아봤는데 이걸로 대신할 수 없을까요?"

소로리가 머리를 긁적이며 아카리의 안색을 살폈다.

이게 나다. 당당하게 가슴 펴고 살자. 하지만 때로는 망토의 힘을 빌려 세상에 몰래 섞여 들어가는 것도 나쁘지 않다. 그걸 싫다고 거부하지 말고 아이처럼 즐길 수 있도록 자신감을 갖자. 자신감을 주는 앙버터 토스트를 먹었으니까 틀림없이 괜찮을 것이다. 아카리는 자기 자신에게 그렇게 말해주었다.

"감사합니다. 하지만 망토는 많이 있어서요."

아카리는 우아한 동작으로 가볍게 망토를 걸치는 몸짓을 해 보였다.

소로리는 제빵기로 내일 쓸 빵을 준비하면서 만약 자신이 망토를 갖고 있다면 어떻게 사용할까 상상하고 있습니다. 몇 번이나 씩씩하게 망토를 걸치는 시늉을 하고 있네요.

"투명망토가 있으면 당당히 어디든 갈 수 있을까."

낯을 가리는 편이니까 그건 수긍이 갑니다.

"멈추지 않고 계속 걷는 게 더 이상 견디기 힘들다면 망토를 뒤집어쓰고 도망치면 돼."

소로리 말이 맞습니다. 항상 앞으로 나아가려고 애쓸 필요는 없으니까요. 소로리도 그런 사실을 간신히 깨달았나 봅니다. 하지만 지금 이 순간 소로리의 희망 사항은 이렇습니다.

"디저트 가게에 몰래 숨어 들어가서 달콤한 간식이나 배 터지게 먹어볼까."

이보세요. 소로리 씨.

달콤한 디저트의 몽상에서 헤어나지 못하는 걸까요. 소로리가 남은 팥소로 팥빵을 만들어볼까, 머리를 굴리고 있습니다. 봄이 오면 벚꽃 소금 절임을 얹어서 벚꽃 팥빵으로 만들어도 맛있을 것 같네요.

밖에선 북풍이 세차게 불고 있습니다. 오늘 밤은 많이 추워질 것 같습니다. 하지만 카페 도도의 가게 안에서는 촛불이 어렴풋이 흔들리고 이내 곧 구워질 빵 냄새가 떠다니고 있습니다.

조용히 평온하게. 오늘 밤도 저물어갑니다.

* 5장 *
첫 봄바람에
실어 보낸
말

c a f e   d o d o

만년필 잉크는 블루블랙이 좋다. 소로리가 거친 크라프트 편지지에 금색의 펜 끝을 내려놓자 종이에 잉크가 서서히 번졌다. 다시 펜을 붙잡고 글씨를 적는다. 개성이 강한 글씨체라서 읽기 힘들다는 이야기를 자주 듣는다. 하지만 이 편지를 받는 것은 다른 누구가 아니다. 소로리는 가끔 이렇게 자기 자신에게 편지를 쓴다. 일기를 쓰듯 감정을 토해낸다.

두 장의 편지를 삼등분해 접고 가로로 긴 봉투에 넣는다. 주방 서랍에서 연지색 초를 꺼내 불을 붙인다. 삼각형 모양의 봉투 뚜껑 한가운데에 녹인 초를 한 방울 떨어뜨린

다음 나무 손잡이가 달린, 도장처럼 생긴 도구로 꾹 눌렀다. 디자인된 'S' 글자가 도드라지면서 봉투가 봉인되었다. 실링 왁스라고, 예부터 써온 방법이다. 이 봉투가 부쳐지거나 열릴 일은 없다. 봉인된 채로 주방 서랍 안에서 잠이 든다. 전부 토해내지 못한 감정을 소로리는 이렇게 적으면서 해소해왔다.

"그때도 그랬지."

소로리가 아직 카페 도도를 열기 전의 일을 떠올린다.

카페 도도의 주방에는 작은 액자가 걸려 있다. 날지 못하는 새, 도도의 모습을 그린 투명한 수채화가 액자 안에 들어 있다. 도도의 어원은 바보. 그 이름처럼 다리도 짧고 조류인데도 날지 못할 뿐 아니라 뛰는 것도 느리다. 땅 위에 알을 낳는 등 위기관리도 하지 못했다. 자연히 인간들이 데려온 동물들에게 알과 새끼를 잡아먹히고 결국 멸종하고 말았다.

그러나 그때는 위기관리를 하지 않아도 안전했기 때문에 바보로 살아갈 수 있었다. 도도가 평화롭게 지내던 그

시절 같은 세상에서라면 사람들도 좀 더 평온하게 살아갈 수 있지 않을까. 소로리는 무슨 생각을 하는지 알 수 없는 표정을 짓고 있는 액자 속 도도새에게 눈길을 주면서 카운터에 앉아 있는 손님의 목소리에 귀를 기울였다.

단골인 무쓰코가 머그잔을 양손으로 감싸듯 쥐면서

"이제 코코아의 계절도 서서히 끝나가네요."

그렇게 말하곤 하얀 수증기에 '후' 하고 입김을 불어 넣는다. 창밖의 풍경은 겨울에서 봄으로 아직 확실히 변하진 않았지만 기분 탓인지 바람이 푸근해진 것 같다.

무쓰코는 텍스타일 디자이너 경력이 50년이나 된다. 옷이나 여러 잡화에 들어가는 모양을 디자인하는 일인데 그동안 작업한 것들이 상당한 인기를 끌어왔다고 들었다. 오늘도 자신이 디자인한 남색과 핑크의 기하학 모양이 펼쳐진 개성 넘치는 코트를 입고 가게를 방문했다. 주방에 걸려 있는 도도새 액자는 무쓰코의 선물이다. 그런 그녀가 무심코 한숨을 내뱉는다.

"방금 전에 기분이 별로 안 좋은 일이 있었어요."

머그잔을 탁 소리가 나게 카운터 위에 놓았다.

패션업계의 계절은 지구의 반대편 기후에 맞춰진다. 맹렬한 더위가 이어지는 동안에 겨울 작업을 진행하고 수험생이 눈 속을 걸아가는 장면이 뉴스에 등장할 즈음에 민소매 원피스의 샘플이 완성된다. 이 일을 시작한 지 50년, 서른 살에 독립한 후 40년이 흘렀다. 남반구의 계절에 맞춰 일이 진행되는 것이 무쓰코는 익숙하다. 곧 봄을 맞이하는 계절이 오면 가을겨울 시즌 준비를 시작한다. 옷뿐 아니라 핸드백과 지갑 같은 잡화, 앞치마와 식기 등의 테이블웨어나 문구류에도 무쓰코가 디자인한 텍스타일이 쓰인다.

팬데믹으로 외출할 기회가 줄어들면서 패션업계는 큰 타격을 입었다. 무쓰코가 지금껏 진행해온 아이템 종류를 대폭 줄인 업체들도 있다. 대신 거의 모든 업체가 집에서 사용하는 제품 쪽으로 방향을 바꾸게 되었다. 덕분에 무쓰코는 팬데믹 동안에도 무척 바쁘게 지냈다.

최근 특히 무쓰코가 힘을 쏟고 있는 것이 작년 말 도쿄에 새로 오픈한 호텔의 토탈 디자인이다. 주요 타깃은 일부러 멀리서 찾아오는 여행객이 아니라 호캉스를 즐기는 도쿄의 일하는 여성들이다. 주말이나 퇴근 후에 체크인해서 혼자 여유롭게 하룻밤을 묵는다. 릴랙스한 상태에서 시간을 보내고 다시 일상으로 돌아올 수 있는, 소소한 일탈 같은 휴식 공간을 목표로 한다. 오늘도 오후부터 관련 미팅이 있어서 외출을 했다.

"무쓰코 선생님, 일부러 먼 길 와주셔서 감사합니다."

입구에서 맞이해준 사람은 이 사업 담당자인 스가누마 미치코다. 사십 대의 젊은 여성인데 명함에 적힌 직함은 Deputy Manager. 일본어로 하면 부지배인이다. 자기처럼 바쁜 여자들이 한숨 돌릴 수 있는 공간으로 만들고 싶다며 고객의 입장으로 의견을 들려주기 때문에 그녀의 메시지는 언제나 명확하고 이해하기도 쉽다.

"오늘은 룸웨어의 색상을 다양화하는 안건에 대한 미팅이지요?"

무쓰코가 코트를 벗으면서 확인한다.

"네. 그렇습니다. 지금의 룸웨어 호평이 많아서 좀 더 다양하게 진행해보면 어떨까 해서요."

객실로 올라가는 엘리베이터로 안내하면서 미치코가 설명을 잇는다.

"고객이 객실 사진을 SNS에 올릴 때 룸웨어도 함께 찍히는 일이 많아요."

SNS의 홍보 효과는 물론 상상이 가능한 일이다. 호텔 측은 편안함과 더불어 인스타그램 등의 SNS 인증샷을 고려하면서 객실의 모습을 꾸몄다. 타깃층에 인기 있는 무쓰코에게 의뢰한 것도 그 때문이다.

“룸웨어 입고 셀카를?”

“그것도 있지만, 침대 위에 놓여 있는 물건을 찍는다거나 모양을 클로즈업하는 경우도 많거든요.”

룸웨어라고 해도 사람들 앞에 드러내기 꺼려지는 파자마 같은 게 아니다. 편의점 정도는 오갈 수 있는 평상복이다. 일반 대상으로 시판도 하는 제품이지만 모양이나 색은 호텔용으로 따로 제작을 하고 있다. 옷의 형태를 만드는 것은 별도로 계약한 복식 디자이너의 일이고 무쓰코는 천에 들어가는 패턴을 디자인한다. 손으로 그린 선의 느낌은 최대한 살리면서 마무리는 PC를 이용하는 것이 최근 무쓰코의 작업방식이다.

“몇 가지 색상을 준비해서 고객이 고를 수 있게 하는 건가요?”

호텔이 마음에 들어서 여러 번 찾아오는 재방문 고객도 많다고 한다. 고객들이 지겨워하지 않도록 다양한 방법을 강구할 필요가 있다.

"그런 방향도 생각했는데요."

그렇게 말하면서 미치코는 한 객실 문에 카드키를 댔다. 청소를 마친 룸은 말끔히 정돈돼 있다. 이 정도만 돼도 평소의 잡다한 일상에서 해방된 기분이 들 것이다. 희미하게 번지는 향기는 호텔이 독자적으로 블렌딩한 아로마 향이다. 새하얀 시트 위에 무쓰코가 모양을 디자인한 쿠션과 길쭉한 베드 쓰로우가 놓여 있는 모습이 객실을 더욱 화사하고 포근하게 만든다. 침대 옆에는 자작나무 껍질로 짠 바구니가 놓여 있고 거기에 리넨류를 모아놓았다. 색깔을 다양하게 늘리고 싶다는 룸웨어도 깔끔하게 개어져 있다.

"언제 봐도 이 방은 기분이 좋아져요."

불쑥 입에서 튀어나온 무쓰코의 말에 미치코가 기쁜 표정으로 눈인사를 하고 창가로 다가간다. 원목 블라인드를 올리자 오후의 부드러운 햇살이 방 안을 밝게 감쌌다. 일단 올렸던 블라인드를 다시 내리고 미치코가 출입문 쪽으로 간다.

"다른 객실도 한 번 살펴봐주시면 좋겠습니다."

복도로 나가 맞은편 객실의 문을 열었다.

"어머나."

처음에 들어간 방과는 가구의 배치가 반대로 돼 있다.

그것만으로도 분위기가 달라 보였지만 무쓰코가 놀란 것은 밝기 때문이다. 미치코가 신속하게 블라인드를 올렸는데도 밝기는 큰 변화가 없었다.

"방의 위치에 따라 하루 동안 밝기가 달라져요. 이 방은 지금 이렇게 어둡지만 아침이면 해가 들어와 무척 환해집니다."

미치코의 설명에 무쓰코도 크게 수긍했다. 일을 하는 시간대나 장소에 따라 작품이 전혀 다르게 보인다는 것은 무쓰코 본인이 잘 알고 있다. 무쓰코의 일도 미팅은 온라인으로 진행되는 것이 당연해졌다. 이 호텔의 일도 예외가 아니다. 특별한 경우가 아닌 한 이렇게 일부러 발길을 하는 일은 없다. 그런데 오늘의 미팅은 꼭 현장에서 하고 싶다는 미치코의 요청으로 이루어졌다. 그 이유를 알 수 있었다.

"말하자면 객실별로 룸웨어의 색상을 달리하고 싶다는 거군요."

무쓰코가 말하자 미치코가 방긋 미소를 지었다.

체크인은 오후 세 시부터지만 일을 마치고 저녁 여섯 시 이후에 도착하는 고객도 있다. 여자 혼자 하룻밤 지내면서 블라인드를 올려 바깥 경치를 구경하거나 햇빛을 들이는 경우는 많지 않을 것이다. 그럼에도 획일적이지 않게, 객실에 맞춤한 준비를 해나간다면 룸마다 다른 매력이 더해질 것이다.

"객실은 저희가 랜덤으로 제안하기 때문에 고객이 어떤 룸에 투숙하게 될지는 알 수 없어요. 하지만 문을 열고 들어갔을 때 전과 다른 색깔의 룸웨어가 있다면……."

"기분이 좋겠죠"

미치코의 말을 이어받아 무쓰코가 대답했다.

바다 쪽 객실은 지금까지 블루 계열의 룸웨어를 제공해왔는데 대로변과 고층 객실용의 두 종류를 추가로 만들기로 했다.

"모양을 클로즈업해서 인증샷을 찍어 올리는 고객들이 있다고 하니 색상뿐 아니라 모양까지 바꿔 제작하는 것도 괜찮을지 모르겠어요."

무쓰코의 제안에 미치코가 기뻐한다.

"틀림없이 반응이 아주 좋을 거예요. 손님들 활기가 쑥쑥 올라가는 모습이 눈에 선하네요."

블라인드 사이로 들어오는 저녁 무렵의 따스한 빛을 방불케 하는 선홍색 꽃, 예를 들면 둥근잎유홍초 같은 건 어떨까. 무쓰코의 머릿속에서 이런저런 이미지가 점점 부풀어 오르고 있었다.

“현장에 와보길 잘했어요. 미팅을 객실에서 하자고 제안해주셔서 감사합니다.”

프런트에서 배웅하는 미치코에게 인사를 하고 무쓰코는 호텔을 나섰다. 무쓰코가 처음 독립했을 때와 비교해 일하는 방식은 많이 달라졌다. 시대의 자연스러운 변화는 앞으로도 계속될 것이다. 하지만 그 어떤 일이든 사람과 사람이 함께 만들어나가는 것, 그 연대의 중요성은 변하지 않는다.

일흔을 맞이한 지금도 젊을 때와 똑같이, 아니 그 이상으로 정력적으로 일하는 자신의 모습에 무쓰코 스스로도 놀라곤 한다. 체력적 쇠퇴와 노화를 느끼며 이 일을 언제까지 계속할 수 있을까 고민하던 시기도 있었다. 하지만 “하고 싶은 일이라면 계속하면 된다, 굳이 멈출 필요는 없다”라고 등을 떠밀어준 사람은 어느 날 우연히 방문한 카페 도도의 주인 소로리다.

“인생은 참 재미있어.”

혼잣말을 하며 익숙한 가게로 발길을 향했다.

호텔에서 가장 가까운 역은 세 개의 지하철 노선이 지나가는 곳이다. 저녁 인파를 헤치며 걷고 있는데 어디서 남자의 목소리가 무쓰코를 불러 세웠다.

"이소가이 씨 아니에요?"

돌아보니 노령의 남자가 서 있었다. 턱수염이 뺨 위까지 번져 있고 중절모를 깊숙이 눌러쓰고 얇은 은테안경 속의 부리부리한 눈이 무쓰코를 뚫어지게 보고 있었다. 기억나지 않는 얼굴을 쳐다보며 무쓰코가 의아해하고 있으니 그 남자가 친근하게 다가와 회사명과 자기 이름을 말했다.

"누구였어요?"

주방에서 설거지하면서 듣고 있던 소로리의 물음에 무쓰코가 이야기를 이어갔다. 그 남자는 예전 무쓰코가 근무했던 디자인사무실에 일을 발주하던 광고대리점의 담당자였다.

"당시엔 나도 말단 직원이었어요. 그 사람이 볼 땐 일개 디자이너에 불과했죠."

무쓰코는 미술전문대학을 졸업한 후 디자인사무실에 취업했다가 의류회사의 디자인 부서를 거쳐 독립했다. 그때부터 하루 24시간이 모자랄 정도로 일에 매달렸다고 한다.

“일 자체도 한밤중까지 이어질 때가 많았어요. 거기다 모교에서 강의 의뢰를 받기도 하고 잡지의 삽화까지 그렸어요. 정말 눈코 뜰 새 없이 바빴죠.”

물론 자청한 일이긴 했지만, 하면서 웃는다.

“아무튼 당시엔 바쁘게 일하지 않으면 불안했어요.”

“마치 참치처럼요.”

소로리가 추임새를 넣는데 언제나처럼 어딘가 핀트가 안 맞은 건지, 무쓰코가 잠시 놀란 얼굴로 쳐다본다.

“참치? 물고기 말이에요?”

“네. 참치는 움직이지 않으면 죽어버리잖아요. 저도 그랬거든요.”

“소로리 씨가?”

“저도 그렇게 일하던 시절이 있었답니다.”

눈을 동그랗게 뜨는 무쓰코에게 소로리가 미소를 짓는다.

“그래서, 그 예전 거래처 분과 무슨 일이 있었던 거예요?”

다음 이야기를 소로리가 재촉한다.

“아, 맞다. 그 사람이 저 호텔의 텍스타일 디자인 무쓰코 씨가 작업한 거냐고 묻더군요.”

그 호텔이 화제를 모으면서 여러 매체에 소개된 걸 보고 알게 되었다고 한다. 무쓰코가 그렇다고 하자 그 남자는 계속 '하하하' 웃으면서 이런 말을 했다고 한다.

"이소가이 씨 대단하네요, 라고 하더군요. '대단'이라는 단어를 일부러 과장되게 강조하면서요. 말단 직원이었던 내가 어느새 이만큼 성장했다는 걸 알고 한 말이죠. 별 얘긴 아닐 수 있어요. 하지만 나는 왠지 기분이 아주 별로였어요. 그동안 나를 별 볼 일 없게 여긴건가 싶은 거죠. 지금까지 내가 어떻게 살아왔는지 알지도 못하면서."

그 대목에서 무쓰코는 한숨을 내쉬었다.

"어디 명함도 못 내밀 정도로 비리비리했던 애송이가 지금 이렇다고……? 뭐 그런 뉘앙스였달까."

무쓰코가 껄렁껄렁한 비행 청소년처럼 과장되게 말했다.

"그랬군요."

소로리는 예전 자신의 모습을 떠올리고 있었다.

시간이 아무리 많아도 부족한 나날이었다. 그런데도 일은 끝이 없었다.

"자네라면 할 수 있어."

상사의 기대에 부응하고자 노력했다. 자신을 갈아 넣으면서 애썼지만 시간이 갈수록 생각만큼 성과가 나지 않게 되었다. 그런데도 할 수 있다며 자기 자신을 다그쳤다. 이윽고 실수가 계속 이어졌다.

"자네답지 않군."

한심하다는 말인지, 아니면 고무시키려는 의도인지 모르겠지만 그때의 심정은 마치 엉덩이를 두들겨 맞고 억지로 뛰어가는 동물이 된 것 같은 기분이었다. 계속 두들겨 맞은 엉덩이가 더 이상 움직이지 않는 날이 왔다.

'무엇을 위해 살아가는 걸까.'

소로리는 말을 할 수 없었다.

"그래서 나는 이제부터 하루키가 되려고요."

무쓰코의 말에 소로리가 현실로 돌아왔다.

"하루키요?"

깜짝 놀라서 되묻는 소로리를 보며 무쓰코가 싱긋 웃는다.

"작가 무라카미 하루키 말이에요."

디자이너인 무쓰코가 베스트셀러 작가를 목표로 한다고 하니 의아했다. 얼굴 표정으로 나타났을 것이다. 무쓰코가 부연 설명을 한다.

"생각해봐요. 아무도 무라키미 하루키에게 '대단하네요' 라고 말하지 않잖아요. '하루키 씨는 재미있는 소설도 많이 쓰시고 재즈도 잘 아시고 마라톤도 하시잖아요. 대단하네요'라고 하지 않죠."

모두가 인정하는 존재다. 그동안 쌓아온 업적도 모두가 아는 그대로다. 새삼스럽게 그런 말을 하면 오히려 실례가 될 것이다. 쓴웃음만 돌아올 뿐이다.

"그래서 나도 그 정도 경지에 올라보겠다는 얘기. 불문곡직 유일무이한 존재가 되어보겠다는 거죠. 뭐, 이 나이에 이제 와서 그런 결심을 해봤자 딱히 바뀌는 건 없겠지만."

무쓰코는 어깨를 움츠렸다. 하지만 지금의 무쓰코는 유일무이한 무쓰코이소가이다. 무쓰코 나름의 하루키가 이미 되어 있다. 아마 본인도 알고 있을 것이다. 소로리는 설거지하던 손길을 멈추고 거품 묻은 손으로 세제 통을 잡았다.

"그렇다면 무쓰코 씨에겐 이걸 드리겠습니다."

무쓰코가 킥킥거렸다.

"음, 이번엔 뭘 주시려는 건지."

소로리가 세제 통을 일단 제자리에 놓고 양손을 비빈다. 손 주변에 거품이 부풀어 올랐다.

"이렇게 해서 거품이 잔뜩 생기면 그게 만들어지지 않을까, 갑자기 그런 생각이 떠올랐거든요."

소로리는 손님들의 고민거리를 가볍게 만드는 데 도움이 될 만한 굿즈를 이것저것 떠올려서 건네보지만, 막상 손님들이 잘 받아주지 않아 늘 안타까운 마음 한가득이다.

"그거라니, 뭘까?"

'이번엔 기필코' 속으로 그렇게 생각하면서 소로리가 힘주어 말한다.

"보세요, '양 사나이'잖아요."

세제 거품으로 무라카미 하루키의 작품에 등장하는 캐릭터를 만들어 보여주면 무쓰코도 바로 곁에서 하루키를 느낄 수 있을 거라 생각한 것이다. 그런데 정작 무쓰코는 박장대소만 할 뿐 전혀 감흥이 없는 듯하다. 그런 그녀의 모습을 바라보며 소로리는 자신을 돌아본다. 과연 자신은 하루키가 되었는가.

당시 나는 많은 사람에게 둘러싸여 있었다. 많은 후배들이 나를 따랐고 나에게 의지하는 상사들도 많았다. 하지만 언제나 혼자라고 느끼고 있었다. 많은 사람들 속에서 느끼는 고독은 오롯이 혼자 있을 때의 고독과 전혀 다르다. 내가 있을 곳이 없었고 내가 존재하는 의미를 찾을 수 없었다. 외롭다기보다는, 훨씬 절실하게 괴로웠다.

1인 전용 카페 도도는 누군가의 고독을 구원하고 있을까. 술렁이는 마음을 차분하게 만들고 본래의 자신으로 돌아갈 수 있게 해주는 장소일까. 갑자기 내리는 비를 한순간 피할 수 있는 겨우살이가 되어 있을까. 바보 도도새가 행복하게 살아갈 수 있는 공간으로 계속 존재하고 있을까.

소로리는 액자 속 도도 일러스트에 시선을 보냈다.

"얼마 전에 어떤 사람이 흥미로운 말을 하는 걸 들었어요."

똑같이 액자를 바라보던 무쓰코가 TV 아니면 인터넷으로 봤다며 이야기를 들려준다. "어디까지나 그 사람의 지론이라는 전제가 붙어 있긴 하지만" 하면서 말을 잇는다.

"지금은 우리 지구와 인류가 종말을 향해 가는 과정이 아닐까, 하는 거예요."

"무슨 뜻이죠?"

소로리가 더 자세히 알고 싶다는 태도로 묻는다.

46억 년 전에 지구가 탄생했다. 생물이 태어나고 20만 년 전에 인류가 탄생했다. 그사이 무수한 생명이 나타났다 사라졌다. 도도새도 그 과정에서 태어났다가 멸종에 이르렀다.

"인류 역시 언젠가는 종말에 이를 때가 올 거잖아요. 지구라는 별도 영원하진 않을 거고."

"그 말은 일리 있을지 모르겠네요."

무쓰코의 이야기를 듣는 동안 소로리도 비슷한 내용을 본 기억이 떠올랐다. 온난화에 의한 기상이변, 감염병, 전쟁. 이 모든 게 다양한 요인이 겹쳐서 일어나는 일일 것이다. 하지만 도도새가 멸종의 길을 걸은 것처럼 지금 우리도 종연의 여정 위에 서 있을지 모른다.

"그렇게 생각하니 묘하게 마음이 조금 편해졌어요. 그래, 발버둥치기보다는 그냥 흘러가는 대로 몸을 맡기는 편이 낫지 않을까. 그렇게 사는 게 맞겠다는 생각이 드는 거지."

그러면서 무쓰코가 덧붙였다.

"나는 그렇다 치고, 앞으로 살아갈 날이 더 많은 젊은 사람 의견이 궁금하네."

끝이 정해져 있다는 말을 들었을 때 어떻게 하면 좋을까. 어차피 절멸할 운명이라며 포기하는 것은 안타까운 일이라고 소로리는 생각한다. 살아가는 의미가 애매해진다.

"그렇다면 정말로 무엇을 위해 살아가는 건가 하는 의문이 계속 올라와요."

최근 손님들이 삶의 의미를 자주 물어보는데 그때마다

소로리는 고민이 깊어진다.

"그렇군요. 그 대답은 나도 여전히 모색 중이에요."

일흔 살이 되어서도 그건 알 수 없다고 온화하게 말하고 나서 무쓰코가 소로리에게 묻는다.

"그런데 사치를 누린다는 게 뭘까요?"

많은 돈, 모두가 선망하는 직업, 화려한 옷이 가득 찬 옷장. 전부 멋지다. 행복할 것 같다. 하지만 소로리의 대답은 다르다.

"평온하게 시간을 보낼 수 있는 것."

오로지 어두워지길 기다리는 시간, 밤하늘의 별을 바라보는 시간, 낙엽으로 만드는 퇴비가 천천히 숙성되길 기다리는 시간. 그리고 따뜻한 촛불의 흔들림에 몸을 맡기는 시간, 그런 시간 하나하나가 더없이 소중한 풍요라고 소로리는 생각한다.

"북유럽에는 이런 말이 있어요."

텍스타일의 본고장인 만큼 무쓰코는 북유럽 문화에 대해 관심이 많다.

"휘게는 많이 들어봤죠?"

집 안에서 마음 편히 지내는 걸 의미하는 덴마크어다.

"그럼 휘가는?"

아마 간식 시간이었나.

"맞아요. 스웨덴어예요. 그럼 카흐비타우코는?"

"무슨 사람 이름 같은데요."

소로리는 나름 진지하게 대답했는데 무쓰코가 '풋' 하고 웃음을 터트린다.

"이건 핀란드어예요."

핀란드 하면 무민이 먼저 떠오른다. 단순하게 살아가는 스너프킨은 소로리도 삶의 모델로 삼고 있다.

"어떤 의미인가요?"

"직역하면 커피 휴식. 핀란드에는 법률도 있어요."

북유럽의 국가들은 환경에 관심이 많다. 커피의 판매와 재배에 관한 규약일까, 그렇게 소로리가 머리를 굴리고 있으니

"말하자면, 커피를 마실 권리가 있어요. 업무 중에나 회의 중에도 커피를 마십시다, 라는 의미죠."

"그게 권리가 된다고요?"

깜짝 놀란 소로리를 보며 무쓰코가 크게 고개를 끄덕인다.

"그만큼 중요하다는 거죠, 과자를 먹거나 커피를 마시면서 여유롭게 보내는 시간이. 그래서 나는 소로리 씨가 말한 '평온하게 시간을 보낼 수 있는'이라는 문장 앞에 '커피

와 과자를 먹으면서'라고 덧붙이고 싶달까요."

장난기 어린 표정으로 무쓰코가 윙크를 보냈다.

"역시 과자가 빠질 수 없죠."

달콤한 걸 아주 좋아한다. 먹고 있을 때는 마음이 녹아내리는 듯해서 행복하다. 소로리는 시폰 케이크를 구워볼까, 생각하며 레시피를 찾아본다.

강하게 부는 이 바람은 역시 첫 봄바람이 틀림없는 듯합니다. 나무들을 크게 흔들어대며 지나갑니다. 싹이 움트기 전 나뭇가지들이 폭풍우를 맞이한 것처럼 와삭와삭 소리를 내고 있습니다. 변덕쟁이 봄바람은 카페 도도의 유리창도 힘차게 두드리고 지나갑니다.

덜컹덜컹, 덜컹덜컹.

깜짝 놀란 소로리가 마당으로 뛰어나갔습니다. 마당 한가운데 서서 손을 크게 벌리고 하늘을 올려다본 채 한동안 가만히 서 있었습니다.

달걀노른자와 설탕을 섞은 다음 샐러드유와 물을 추가한다. 거기에 밀가루와 베이킹파우더를 채에 쳐서 고운 가루로 넣는다. 흰자는 뿔 모양이 생길 때까지 확실히 거품을 내어 머랭 상태로 만든다. 머랭이 꺼지지 않게 살살 섞은 다음 시폰 틀에 부어서 오븐에 넣는다. 봉긋하게 부풀어 오른 케이크를 오븐에서 꺼낸 뒤 곧바로 뒤집어서 식힌다. 오후의 주방에 갓 구운 케이크 향기가 퍼져나간다.

완전히 해가 지기 직전의 마지막 햇빛이 비칠 때쯤,

"이제 시간이 됐나."

소로리가 중얼거렸다. 마치 그 소리를 들은 것처럼 무쓰코가 "지금 들어가도 되나" 하면서 가게에 모습을 비추었다.

"딱 좋은 타이밍에 오셨어요."

소로리는 조심스럽게 틀 주변에 나이프를 찔러 넣어 천천히 케이크를 접시에 얹는다.

"무쓰코 씨께 대접하고 싶어서 영업시간 전이지만 들러 주십사 말씀드린 거예요."

"일부러 연락까지 해주고 고마워요."

"2년 만의 답례네요."

도도새 그림 이야기다.

소로리가 틀에서 빼낸 케이크를 카운터에 올렸다.

"저 나름대로 생각했어요."

"뭘요?"

"살아가는 의미 말이죠."

소로리는 덥수룩한 머리를 가볍게 좌우로 흔들었다. 그러고 나서 주방 서랍에서 음식에 꽂는 장식용 깃발을 꺼냈다.

"어머, 어린이용 정식 세트의 깃발이네."

이쑤시개로 기둥을 삼은 국기 모형을 아직 온기가 남아 있는 시폰 케이크에 꽂았다.

국기는 제대로 서 있다. 소로리가 국기를 세운 바로 옆 부분의 케이크를 한 숟가락 떠냈다. 순식간에 국기가 쓰러졌다.

다시 다른 곳에 깃발을 세운다. 이번에는 숟가락 뒷부분으로 옆면을 꾹 눌렀다. 깃발이 균형을 잃었다.

"지구는 이런 스펀지 같은 곳이에요. 누구 하나가 사라지면 발밑이 무너져 내리죠. 자신과 가까운 사람이 떠나면 더더욱요."

소로리는 깃발 바로 옆에 있는 구멍을 가리킨다.

“타인과 나는 아무런 관계가 없다고 생각하기 쉽지만 실은 나도 모르는 사이에 누군가에게 상처를 줄 때가 많으니까.”

깃발 옆의 움푹 들어간 부분을 무쓰코가 안타까운 표정으로 바라본다. 소로리는 세웠던 깃발을 빼낸 다음 무쓰코에게 시폰 케이크 한 조각을 잘라서 건넨다.

“인생은 자기만의 것이 아닌 것 같아요. 이렇게 서로 나누면서 서로 이해하며 살아가는 게 아닐까 싶어요.”

“맞아요. 어렵게 생각할 거 없지.”

“네. 그래서 이 케이크는 ‘의미가 있는 시폰 케이크’라고 이름을 붙였어요.”

살아 있는 의미, 존재하는 의미, 다른 사람과 함께하는 의미, 그 모든 것에 의미가 있으니까.

무쓰코카 케이크를 입으로 가져가려는데 가게 유리창이 덜컹덜컹 소리를 내기 시작했다.

“잠깐 살펴보고 올게요.”

그렇게 말하고 소로리가 마당으로 뛰어나간다.

“첫 봄바람이다.”

소로리의 주위로 미지근한 바람이 스쳐 지나갔다. 입춘

부터 춘분까지, 그해 처음으로 남쪽에서 불어오는 강한 바람을 '첫 봄바람'이라고 부른다. 첫 봄바람을 온몸으로 받아 안으면서 소로리는 이걸 무언가에 이용할 수 없을까 생각해보았다. 예전에 눈동냥으로 배워서 도입했던 풍차는 실사용까지 이르지 못했다. 이 정도 바람이었다면 조금이라도 돌아가지 않았을까. 지구를 구하는 일은 쉽지 않다. 물론 사람을 구하는 일도 마찬가지다. 하지만 할 수 있는 일을 하고 싶다. 소로리는 힘차게 고개를 끄덕이고 가게로 돌아왔다.

팬트리를 뒤져서 몇 가지 물건을 꺼낸 뒤 다시 마당에 나가 선다. 먼저 손에 든 것은 철사로 만들어진 옷걸이다. 동료와 지인에게 했던 말 때문에 후회하고 괴로워하던 여자 손님께 드리려고 했던 것이다. 그걸 원 모양으로 변형시켰다. 옷걸이 둘레에 돌아가며 감은 것은, 자기도 모르는 사이에 투명망토를 뒤집어쓴 것처럼 무시당한다면서 고민하던 여자 손님께 망토 대용으로 제안했던 거즈천이다.

"이걸로 도구는 완성이다."

이어서 알루미늄 대야에 물을 담는다. 아버지가 돌아가

셔서 슬픈 와중에 형식적인 위로의 말을 듣고 침울해하던 여자 손님께 드리고 싶었던 일을 떠올린다. 거기에 주방세제를 풀었다. 하루키가 되겠다고 결의를 표명한 무쓰코에게 응원의 의미에서 주려고 했던 거품 세제다. 마지막으로 세탁용 풀을 같이 섞었다. 이것은 종종 너무 서두르다 실수하는 자기 자신을 한심하다고 느끼는 여자 손님께 건네려고 했던 물건이다. 하나하나 떠올리는 사이 만반의 준비가 끝났다.

소로리는 거즈 천을 감은 옷걸이를 대야에 담갔다가 천천히 들어 올린다. 그리고 손에 든 옷걸이의 물기를 털어내듯 허공을 향해 흔들었다. 거대한 비눗방울이 두둥실 떠올라 봄바람에 실려 날아갔다.

"성공이다."

소로리는 그걸 몇 번이고 반복한다.

중간에 밀짚에 거품을 묻혀서 불어보곤 한다. 힘멜리를 만들고 남은 밀짚이다. 좁은 구멍을 따라 작고 투명한 방울이 몇 개나 떠올라 날아갔다. 소로리는 옷걸이를 흔들거나 밀짚을 입으로 불 때마다 떠오르는 말들을 하나씩 중얼거렸다.

"상처 입은 말들, 상처 준 말들, 모두 훨훨 날아가라."

작은 회사라곤 하나 사무 전반을 담당하는 부서에 있으면 연말에 바쁜 정도는 예사로운 수준이 아니다. 집에서 일하는 것보다 효율성이 좋지 않을까 해서 요네자와 가호는 출근을 하기로 한다. 오랜만에 타는 출근 시간대의 열차는 꽤 북적였다. 지하철의 개찰구를 통과해 지상으로 나온다. 맑고 파란 하늘이 눈에 훅 들어왔다. 스마트폰을 체크하니 메시지가 들어와 있다.

14시부터 사장님 손님께서 방문 예정이십니다.

차 준비는 마쳤습니다.

사쿠마 씨께서 신입 교육 커리큘럼 건으로 미팅을 하고 싶다고 연락을 주셨습니다.

작년부터 함께 일하는 파견 사원인 사카키 하즈키가 보낸 것이다. 지금은 가호를 물샐틈없이 지원해주는 든든한 직장 동료다. 그녀의 근무 기간 연장도 정해졌고 4월부터는 드디어 신입도 채용된다. 배치 부서가 정해지기까지는 가호네 부서에서 신입 교육을 맡는다. 익숙해지기까지 교육과정이 버겁긴 하겠지만 하즈키가 있으니 괜찮을 것이다.

보내준 안건들, 확인 완료요.

곧 회사 도착이에요.

그렇게 답장을 보냈다. 그때였다. 휘리릭, 강한 바람이 스쳐 지나가는 바람에 가호는 자기도 모르게 어깨를 움츠리며 체스터 코트의 앞단을 여몄다.

"으응?"

이상하다는 생각이 든 것은 바람이 차게 느껴지지 않았기 때문이다. 보도 양옆에는 잎을 떨군 나뭇가지가 어딘가 불안한 모습으로 줄지어 서 있지만 봄은 이미 가까워졌을지 모른다. 옷깃 위에 올렸던 손을 내리자 뭔가 투명한 게 두둥실 떠오르더니 눈앞을 지나간다. 그것이 가슴께에서 퐁 하고 작은 소리를 내며 터졌다. 그리고 동시에 속삭이는 듯한 목소리가 귀에 들어왔다.

'풀이 떨어져버렸네.'

그 목소리는 거기에 머물지 않고 순식간에 바람과 함께 흘러갔다. 예전에 유치원 선생님이 가호에게 나무라는 투로 그렇게 말한 적이 있다. 하지만 더 이상 그런 말에 상처받거나 하지 않는다. 목소리가 사라져가는 방향을 바라보았다. 가호는 일단 가방에 집어넣었던 스마트폰을 꺼내 다시 문자를 보낸다.

늘 고마워요. 정말 큰 힘이 돼요.

하즈키에게 보내는 메시지다.

"이제 몇 군데 남았을까요?"

포토그래퍼인 다케시타 미사가 어깨에서 흘러내릴 것 같은 카메라 가방끈을 다시 걸치면서 미시마 가즈키에게 묻는다.

"두 군데요. 조금만 더 힘내요."

가즈키는 미사 앞에 서서 두 주먹을 불끈 쥐어 보이고 나서 "나도 삼각대 정도는 들게 해주세요"라며 양손을 뻗었다.

“작가님께 그런 부탁을 어떻게. 으윽, 죄송해요. 이제 살겠다.”

미사가 팔 길이 정도 되는 길쭉한 가방을 가즈키에게 건넸다.

“자기가 먹고사는 장비를 혼자 들고 다니지 못할 정도면 포토그래퍼 때려치워라, 그렇게 스승님께 배웠거든요.”

어깨를 움츠리는 미사를 가즈키가 격려한다.

“스승님은 지금 이 자리에 안 계시잖아요. 소중한 카메라만 미사 씨가 직접 드세요.”

“물론이지요.”

미사가 어깨에 멘 가방을 애지중지 쓰다듬었다.

미사는 음식 사진을 맛있어 보이게 찍는 것으로 정평이 나 있다. 눈길을 사로잡는 현란하고 자극적인 느낌의 사진이 아니라 좀 더 소박하고 따뜻한 가정식의 느낌을 잘 잡아서 표현한다. ‘오롯이 혼밥을 즐길 수 있는 가게’라는 이번 테마에는 그녀의 사진이 안성맞춤이다. 오프라인과 온라인 동시에 음식점 소개 기사를 내는 기획이 작년 가을부터 시작되었다. 매번 테마를 바꾸어 한 달에 한 번씩 기사를 갱신한다. 상당한 인기 콘텐츠로 성장했다.

가즈키는 이번 기획의 책임자로 참여하고 있다. 다른 작가들에게 발주하는 일도 있지만 직접 발로 뛰며 취재해서 집필할 때도 많다. 자신이 좋다고 판단한 콘텐츠가 공감을 얻으면 그만큼 능력을 인정받은 듯해서 기쁘다.

성실하고 진솔하게. 그걸 항상 염두에 두고 있다. 먼젓번에 방문했던 1인 전용 카페도 언젠가는 취재를 하고 싶다. 하지만 아직은 자기만의 비밀 아지트로 남겨놓고 싶다. 이렇게 말하면 작가로서 자격이 없는 걸까. 그런 것들을 생각하고 있는데 쏴아, 하고 물이 떨어지는 듯한 소리가 들렸다. 동시에 강한 바람이 불어와 가즈키의 치맛자락을 펄럭이게 했다.

"와" 하면서 카메라 가방을 가슴에 안은 미사가 하늘을 올려다보았다.

"이제 곧 봄이네요."

덩달아 가즈키도 고개를 든다. 아버지가 떠난 지 곧 9개월이 된다. 여름이 끝나고 겨울이 오고 그리고 곧 봄이 온다. 계절이 바뀌고 천천히, 그야말로 느리게나마 날이 갈수록 약효가 나타나고 있다. 다만 봄바람이 불다가도 내일이면 다시 북풍으로 바뀌는 것처럼 잠잠해진 슬픔은 이내 다시 원래 자리로 돌아간다. 그런데도 조금씩 슬픔이 돌아오는 빈도가 줄어드는 것은 하루 또 하루 봄을 향해 나아가는 것과 같다.

"저건?"

눈앞에 두둥실 풍선 같은 게 날아왔나 싶더니 가즈키의 얼굴 앞에서 조용히 터졌다. 무슨 소리가 들린다. 귀를 기울인다.

'어떤 심정인지 잘 알아요.'

예전에 들었던 말이다. 선의로 한 말이겠지만 가즈키는 견딜 수 없을 만큼 마음이 아팠다. 그것은 가즈키에게 상처를 준 말이다. 하지만 나중엔 바람 소리만 들렸다.

"왜 그러세요?"

하늘을 올려다보던 미사에겐 투명 풍선이 보이지 않았던 모양이다. 가즈키는 고개를 저었다.

"자, 가요. 다음 가게는 피낭시에가 대표 메뉴예요. 비용처리를 할 수 있으니까 구워진 게 있으면 사 먹어볼까요."

"신난다. 일할 의욕이 마구 샘솟네요."

가즈키는 그때 숲속 카페에서 화제가 되었던 진심 어린 공감과 위로에 대해 여러 가지 생각을 해본다. 그게 가능한 사람이 언젠가는 되고 싶다. 자신과 가까운 사람이 같은 입장에 놓였을 때 배려할 줄 아는 사람이 되고 싶다는 생각을 한다. 모든 일은 경험이 된다. 그걸 아버지가 가르쳐준 것 같다. 다시 한 번 하늘을 향해 얼굴을 들었다.

수채 색연필이라는 게 있다. 겉보기엔 아주 평범한 색연필이지만 다 그린 후에 물 적신 붓이나 천으로 덧그리면 그 부분을 수채화처럼 번지게 만들 수 있다. 물감처럼 다른 많은 도구가 필요하거나 자리를 많이 차지하지도 않고 쉽게 생각한 대로 완성할 수 있다는 기대감이 있어서 도쿠나가 유나도 미대 시절부터 애용해온 화구다.

그것의 크레용 버전이 수채 크레용. 색연필보다 다양한 뉘앙스로 선을 표현할 수 있어서 손 그림의 유연성을 살리는 맛이 난다. 터치가 굵은 만큼 그 한계 안에서 얼마나 치밀한 표현을 도모할 수 있을까, 그런 도전도 재미있어서 최근 수채 크레용에 빠져 있다. 밑그림이 대략 완성된 후 거실에 놓아두었던 스마트폰을 체크한다.

삿포로의 문구점에서 발견.

매장 사진과 함께 홋카이도 출장 중인 남편 다이시가 보낸 메시지가 들어와 있었다. 변함없이 출장이 잦은 다이시지만 유나의 일을 자기 일처럼 기뻐하고 응원해준다. 계속 붙어 있는 것만이 부부의 행복은 아니다. 유나는 그렇게 믿고 있다.

일러스트레이터의 작품을 활용한 편지지나 메모지 등을 상품화하는 문구업체에서 유나에게 오퍼가 온 것은 일하던 잡화 및 화장품 회사에서 퇴직하고 얼마 안 되었을 무렵이다. 화장품 패키지에 썼던 그림을 이용해 문구류를 만들고 싶다는 의뢰였다. 나중에 알게 되었지만 당시 회사의 사장인 미나가미가 다리를 놓아준 거였다. 유나가 새로운 작업을 할 필요 없이 그림에 대한 사용 허가를 내주는 형태로 우선 계약을 맺었고 이달 초부터 전국의 잡화점과 문구점에서 제품 판매가 시작되었다. 자신이 그린 그림이 인쇄된 종이 위에 일면식도 없는 사람들이 편지를 쓰거나 메모를 남기는 것이다. 그런 생각만 해도 가슴이 두근거린다.

"다음 시리즈는 꼭 작가님의 신작으로 부탁드립니다."

문구업체의 담당자에게 기쁜 소식을 전해 듣고 지금 한창 작업 중이다.

덜컹덜컹 문이 흔들리는 소리에 작업하던 손길을 멈추고 고개를 드니 베란다의 빨래가 세차게 바람에 흔들리고 있었다. 날씨가 좋아서 빨아 넌 시트가 빨랫줄에 뒤엉켜 있다. 유나는 일어서서 베란다로 나가려고 문을 열었다. 순간 휙, 하고 바람이 방 안으로 휘몰아쳐 들어왔다. 당황해서 책상 위에서 작업 중이던 그림을 손으로 눌렀다. 그때 눈앞에 빨래 거품 같은 것이 두둥실 떠올랐다.

"뭐지?"

유나가 눈을 가까이 가져가자 화구 위에서 펑 하고 터졌다.

'손주라고 생각해주세요.'

어릴 적 친자매처럼 지냈던 이웃 동생 아즈사의 목소리가 들렸다. 의아하게 생각하고 있는데 또 하나의 작은 거품이 날아온다.

'관심 가더라.'

실제 행동에 옮길 생각도 없으면서 그냥 한번 던져보는 편리한 말이다. 그날 이후 유나는 아즈사를 만나 대화를 나눴다. 남편인 고이치와 서로 육아관이 달라서 고민이라고 했다. 고이치는 아이 교육에 아주 열성적인데 아직 말도 못 하는 아기를 학원에 보내는 등 너무 의욕이 넘친다는 것이다. 그래도 아기엄마들끼리 모임도 하고 구에서 주최하는 어머니교실에도 다니다 보니 아즈사도 조금씩 육아에 자신감이 붙었다. 천천히 여유를 갖고 키우고 싶다는 아즈사의 의견을 고이치도 차츰 이해하고 받아들이게 되었다고 한다.

당사자가 아니면 속마음까지 알 수 없다. 하지만 어차피 알 수 없는 거라고 선을 긋는 게 아니라 알려고 노력하는 것이 중요하다. 아즈사의 고민을 알고 난 뒤 각자가 짊어진 고민의 질에는 차이가 없다는 걸 깨달았다.

'나를 대신할 사람은 얼마든지 있다.'

이어 귓가에 맴돈 말은 유나 자신의 마음의 소리다. 그 말들은 한순간에 사라졌다. 거품이 터져서 번지진 않았는지 걱정되어 작품과 화구를 살펴봤지만 특별한 변화는 없다. 자기만이 그릴 수 있는 그림, 부부 두 사람이 납득할 수 있는 삶의 방식에 대해 끊임없이 고민하고 파고드는 것은 쉬운 일이 아니다. 그럼에도 멈추지 않고 계속 나아가는 것 자체로 의미가 있을 것이다. 유나는 빨랫줄에 뒤엉킨 시트를 정리한 뒤 문을 닫고 들어왔다. 이어서 나머지 그림을 그리기 시작했다.

주방 안에 달콤한 향기가 떠다니고 있다.

"주문하신 유리컵, 가지고 왔습니다."

스즈모토 아카리는 양손에 종이봉투를 든 채 머리를 좌우로 흔들며 얼굴에 붙은 검은 머리카락을 떨쳐낸다. 인기척을 내자 안에서 요리사 모자를 쓴 여성이 손을 닦으면서 얼굴을 내밀었다.

"일부러 직접 갖다 주시다니 죄송하고 고맙습니다."

메일을 주고받을 때 이름이 고노 아라타라서 당연히 남자라고 생각하고 있었기 때문에 작은 체구의 젊은 여사장님의 모습을 보고 깜짝 놀란다. 오픈은 이번 주말이라고 들었다. 마지막 준비에 박차를 가하는 모습이다.

"아유, 아니에요. 창고에서 출고하면 꼬박 사흘이 걸리니까 직접 갖다드리는 게 빠르겠다 싶어서요."

대량 주문이면 물류창고를 통해 내보낼 수밖에 없다. 하지만 수량이 적고 장소도 비교적 가까웠기 때문에 직접 아카리가 들고 오게 됐다. 이렇게 주문을 받자마자 바로 처리할 수 있는 것도 아카리네 같은 소규모 업체의 장점이라고 생각한다.

“다행이다. 오픈 날짜에 맞추지 못하면 어쩌나 머리를 싸매고 있었거든요.”

오픈 전엔 준비할 게 많다. 찬 음료용 유리잔을 깜빡하고 발주하지 않았다는 사실을 알아차리고 당황해서 아카리네 회사로 문의를 했다. 사이트에 적혀 있는 ‘적은 물량도 신속하게’라는 문구가 눈길을 사로잡은 것 같다.

“계속 추웠잖아요. 그래서 따뜻한 음료 생각만 머릿속에 가득했어요. 그런데 오늘 아침 뉴스를 보니 오늘 봄날 첫 바람이 불지도 모른다는 소식을 듣고 아이고 큰일 났다, 싶더라고요.”

놀란 눈을 끔뻑이며 이야기하는 아라타의 모습이 어딘가 친숙한 느낌이 든다.

“좀 이따 취재가 잡혀 있는데 이걸로 음료 사진도 찍을 수 있겠어요.”

“오픈 전에 벌써 취재라니, 시작이 아주 좋은데요.”

그렇게 말하며 아카리가 미소를 보내자

“도와주신 만큼 열심히 하겠습니다.”

아카리가 유리잔이 든 종이봉투를 건넸다. 준비를 서두르고 싶을 것이다. 오래 머무는 건 실례가 될 듯하여 돌아가려는데 아라타가 아카리를 불러 세웠다. 잠시 기다리고 있으니 작고 하얀 종이봉투를 건넨다.

"이거 몇 개 안 되지만 일하다 쉬실 때 드세요."

버터 향 가득한 갓 구운 따뜻한 피낭시에가 몇 개 들어 있었다.

"잘 먹겠습니다."

어디 카페에 들러 커피를 테이크아웃해서 갈까, 순간 그런 생각도 했지만 원두를 사서 직접 내려 마시는 것도 괜찮겠다고 마음을 바꾼다. 거래처에서 한 번 써보려고 구입한 드립 세트가 집 부엌에 잠들어 있다. 카페에서 주문이 제대로 전달되지 않아 화가 날 일도 없고 커피맛도 훨씬 더 맛있을 것이다.

"건강 잘 챙기시고 번창하세요!"

아카리는 늘 하는 말을 건넸다. 상사에게 배운, 성공을 기원하는 주문 같은 응원의 메시지다.

"고맙습니다."

아라타가 공손하게 고개숙여 인사한다.

이어서 "저기……"라고, 꺼내기 어려운 말인 듯 말끝을 흐린다.

뭔가 문제가 있나 싶어 아카리의 몸이 굳어진다.

"일과 관계없는 이야기라 조심스러운데요."

그렇게 입을 떼고 나서 아라타는 수줍은 미소를 지으며 말했다.

"원피스가 너무 예쁘네요. 저도 이런 개성 강한 분위기의 옷을 좋아하거든요. 아주 잘 어울리세요. 실은 아까부터 슬쩍슬쩍 보고 있었거든요."

아카리는 얼굴이 달아오르는 걸 느꼈다. 가게 문을 여니 휙, 강한 바람이 불었다. 이게 바로 방금 아라타가 말한 첫 봄바람일까. 가게로 돌아가서 아라타에게 알려주고 싶지만 오픈 준비에 방해가 되면 미안한 일이다.

온몸으로 바람을 맞고 있으니 갑자기 눈앞에 투명한 비치볼 같은 것이 나타나 떠다니다 펑 하고 터졌다.

'그거 어떻게 좀 하지 그래?'

이전 메이크업 레슨에서 강사가 한 말이 귀에 들렸다. 무슨 일이 벌어진 걸까. 두리번거리며 사방을 둘러보지만 그냥 강한 바람이 불고 있을 뿐이다. 다만 아주 약하게 숲의 향기가 남아 있다.

한 줄로 표현되는 쌍꺼풀 없는 눈도 뺨에 있는 작은 반점도 사람들이 스스럼없이 아무 말이나 건네게 만드는 수더분한 인상도 모두 자신의 소중한 아이덴티티다. 이건 자신의 약점이 아니라 강점이라고 긍정적으로 생각한다. 마

소재의 원피스 자락이 넓게 퍼졌다. 바람을 품은 옷이 아카리의 발걸음을 가볍게 만들었다.

소로리는 거즈 천을 감은 옷걸이를 몇 번이나 풀이 들어간 세제 물에 담갔다가 꺼내어 거품을 날려 보냅니다. 거품들은 차례로 두둥실 떠올라 금세 바람을 타고 어딘가 멀리 날아갑니다.

"아, 맞다."

부엌에 돌아와 서랍을 열고 봉투 다발을 꺼냈습니다. 소로리가 자신의 감정을 적고 봉인해둔, 자신에게 보내는 편지입니다. 다시 마당 한가운데 서서 하나하나 개봉해나갑니다. 그러자 봄바람에 실려 봉투 속의 말들이 멀리 훨훨 날아갑니다.

'자네라면 할 수 있어.'

'자네답지 않아.'

말들이 바람을 타고 날아가나 싶었는데 순식간에 모두 사라졌습니다.

"상처 입은 말들, 상처 준 말들, 모두 날아가라."

소로리는 거듭거듭 반복하고 있습니다.

"모두 날아가버려."

소로리가 마당에서 손을 크게 움직이는 모습을 보고 무쓰코도 마당으로 나온다. 무쓰코가 나온 걸 알고 소로리는 물 적신 옷걸이를 들어 흔들었다. 그러자 무쓰코 앞에 투명하고 커다란 거품이 하늘하늘 날아와서 탁 소리를 내며 터졌다.

'대단하네요.'

무쓰코가 역에서 만난, 예전 거래처 담당자가 했던 말이다. 얕보는 것 같은 그 말이 앞으로도 최고가 되고 싶다는 무쓰코의 야망에 불을 붙였다. 그 소리가 꺼진 거품 속에서 들려왔다.

"와."

놀라서 눈을 동그랗게 뜬다.

"비눗방울이구나."

무쓰코가 양 손바닥으로 붙잡는 순간 사라져 버린 거품의 자리를 응시한다.

"비눗방울이 아니고 말방울이에요. 언령, 말에 깃들어 있는 혼이죠."

소로리가 득의양양하게 웃었다.

옮긴이 장민주

나고야대학 정보문화학부를 졸업하고 출판사에서 여러 해 동안 기획편집 일을 했다. 옮긴 책으로 《엄마가 돌아가셨을 때 그 유골을 먹고 싶었다》《내가 들어보지 못해서, 아이에게 해주지 못한 말들》《인생의 문장들》 등이 있다.

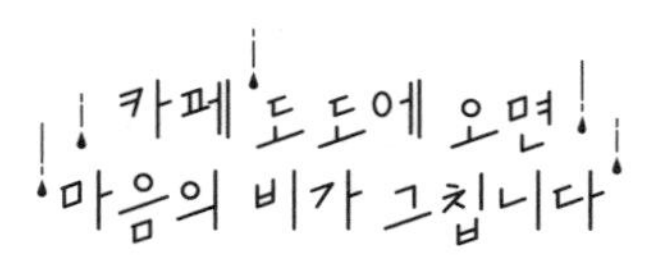

초판 발행 · 2024년 7월 17일

지은이 · 시메노 나기
옮긴이 · 장민주
발행인 · 이종원
발행처 · (주)도서출판 길벗
브랜드 · 더퀘스트
출판사 등록일 · 1990년 12월 24일
주소 · 서울시 마포구 월드컵로 10길 56(서교동)
대표 전화 · 02)332-0931 | **팩스** · 02)323-0586
홈페이지 · www.gilbut.co.kr | **이메일** · gilbut@gilbut.co.kr

기획 및 책임편집 · 허윤정(rosebud@gilbut.co.kr) | **제작** · 이준호, 손일순, 이진혁
마케팅 · 정경원, 김진영, 김선영, 정지연, 이지현, 조아현, 류효정 | **유통혁신** · 한준희
영업관리 · 김명자, 심선숙 | **독자지원** · 윤정아

디자인 · 어나더페이퍼 | **표지 그림** · 반지수 | **CTP 출력 및 인쇄** · 정민 | **제본** · 정민

979-11-407-0981-6 03830
(길벗 도서번호 040293)

정가 17,000원